Nicht verzagen, Luna fragen!

In der Lesegören-Reihe sind bisher erschienen:
Bianka Minte-König: Wo geht's lang, GIRLS?
Bianka Minte-König: Was gibt's Neues, GIRLS?
Bianka Minte-König: Gut gemacht, GIRLS!
Patricia Schröder: Emely – total vernetzt!
Patricia Schröder: Emely – absolut verstrickt!
Patricia Schröder: Emely – voll im Freundschaftschaos
Hortense Ullrich: Für alle Fälle – Luna
Hortense Ullrich: Luna macht's möglich!

Hortense Ullrich hat über 60 Bücher für Kinder und Jugendliche geschrieben, von denen es 140 Übersetzungen in 25 Sprachen gibt; mit einer Gesamtauflage von über 4 Millionen Exemplaren. Zuvor hat sie als Journalistin und Drehbuchautorin gearbeitet. Acht Jahre verbrachte sie mit ihrem Mann und ihren beiden Töchtern in New York. Heute lebt sie mit ihrer Familie in Bremen.

Mehr über unsere Bücher, Autoren und Illustratoren auf:
www.planet-verlag.de

LESE GÖREN

Hortense Ullrich

Nicht verzagen, LUNA fragen!

PLANET!

Kapitel eins

»Und wieso sollst du das entscheiden?«, erkundigte ich mich bei meiner besten Freundin Pia.

Pia zuckte mit den Schultern. »Na ja, weil es mein Leben verändert.«

»Inwiefern denn bitte?«

»Wenn meine Mutter jetzt statt halbtags den ganzen Tag arbeitet, muss ich im Haushalt mithelfen.«

»Das ist alles?« Ich winkte ab. »Mein Vater macht bei uns den Haushalt, also kann es nicht so schwer sein.« Mein Vater ist freier Journalist, er arbeitet zu Hause, während meine Mutter ganztags für ein Maklerbüro tätig ist. Deshalb ist er für den Haushalt und für die Kinder, also für meinen kleinen Bruder Paul und mich, verantwortlich.

»Sag ihr, du übernimmst den Haushalt«, drängte ich Pia.

»Ganz ehrlich, ich weiß nicht mal, was das überhaupt bedeutet, *den Haushalt zu übernehmen*«, gab sie zu.

Ich wusste es auch nicht. Daher zuckte nun ich mit den Schultern und meinte: »Ich denke mal, in erster Linie geht es darum, dass du darauf achtest, dass das Haus noch steht, wenn deine Mutter abends nach Hause kommt.«

Pia lachte. »Nein, echt, Luna, meine Mutter hat gesagt, ich soll mir das gut überlegen.«

»Was gibt es denn da zu überlegen?«, rief ich. »Deiner Mutter macht ihr Job Spaß, ihr hättet wesentlich mehr Geld zur Verfügung, dann könntet ihr euch auch mal einen Urlaub leisten.«

Pia seufzte ein wenig. »Ja, das wäre schon toll.«

»Machen wir doch eine Liste«, schlug ich vor, um Pia zu helfen, eine Entscheidung zu treffen.

»Was für eine Liste? Pro und contra?«

»Nein, das wissen wir doch schon: Das Einzige, was dagegenspricht, ist, dass du dich um den Haushalt kümmern musst. Und ehrlich gesagt bin ich nicht so sicher, ob das wirklich dagegenspricht. Das ist doch ein Klacks. Wir schreiben eine Liste, was alles so unter *Haushalt machen* fällt.«

Ich zückte mein Handy und wartete darauf, dass Pia mir diktierte. Aber Pia sagte nichts, sondern dachte nur angestrengt nach.

»Was tut deine Mutter denn so im Haus?«, versuchte ich Pia auf die Sprünge zu helfen.

»Sie kocht und macht Frühstück und Abendessen.«

»Na, das ist doch easy!«, rief ich. »Also, das mit dem Kochen müsste man noch mal genau unter die Lupe nehmen. Aber mein Vater hat uns damals auch anfangs mit Dosen-

und Fertiggerichten ernährt. Und inzwischen kriegt er das ganz gut hin. Das kann man also lernen.«

Dann fiel mir ein, dass mein Vater ziemlich lange gebraucht hatte, um das zu lernen, daher bot ich an: »Du kannst mittags immer bei uns essen, dann entfällt das Kochen schon mal. Bleibt also nur Frühstück und Abendessen.«

»Schaff ich.«

»Gut. Also, Ernährung ist kein Problem. Du wirst nicht verhungern.«

Pia nickte. »Der Kühlschrank ist immer voll bei uns.«

»Na siehste!« Ich grinste. »Jetzt müssen wir nur noch rauskriegen, wie das Zeug in euren Kühlschrank kommt.«

»Wobei einkaufen sogar Spaß macht.«

»Was gibt's sonst noch?«

»Hilfe«, quietschte Pia und wich einer Libelle aus. Fast hätte Pia die Balance verloren und wäre ins Wasser geplumpst.

Wir saßen auf dem kleinen Steg am Teich unserer gemeinsamen Nachbarin Frau Berghof. Pia und ich wohnen in einer Reihenhaussiedlung, fast nebeneinander, wenn Frau Berghofs Haus nicht dazwischen stehen würde. Frau Berghof, eine ältere, ziemlich grantige Dame, hatte am Ende ihres Gartens einen wirklich schönen Teich angelegt. *Mein Biotop* nannte sie es. Es war Pias und mein Lieblingsplatz. Der Teich war umgeben von Schilf, und nur von einer Seite aus einsehbar. Leider von der Seite, die

Frau Berghof von ihrer Terrasse aus sehen konnte. Daher mussten wir immer sehr vorsichtig sein und sicherstellen, dass sie nicht zu Hause war. Denn sie hat uns mehrfach strengstens verboten, ihren Garten zu betreten. Nicht sehr nachbarschaftlich, fanden wir, aber um sie nicht aufzuregen, trafen wir uns halt nur dort, wenn sie außer Haus war. Diesen Platz aufzugeben kam nicht infrage.

Bei ihrer Ausweichaktion war Pia allerdings mit einem Bein im Wasser gelandet. Eigentlich nicht so schlimm, da wir sowieso immer Schuhe und Strümpfe auszogen, um die Füße im Wasser baumeln zu lassen, aber ihre helle Hose sah nun etwas mitgenommen aus. Schlamm vom Uferrand und ein paar von den winzigen Wasserlinsen, die auf dem Teich schwammen, verzierten jetzt das Hosenbein.

Pia seufzte. »Die kann ich so nicht mehr anziehen, die muss gewaschen werden.«

Da fiel mir ein weiterer Punkt ein: »Wäsche. Musst du dich auch um die Wäsche kümmern?«

»Wenn das zum Haushalt gehört, ja.«

»Ich denke, Wäsche waschen gehört dazu. Aber das ist kein Problem, das macht doch die Maschine.«

Pia nickte.

Dann rief sie: »Bügeln! Wäsche muss doch gebügelt werden.«

Ich winkte ab. »Gebügelte Wäsche wird überbewertet!«

Pia war einverstanden.

»Gut«, meinte ich abschließend. »Dann haben wir's! Sag deiner Mutter, sie kann den Job annehmen.«

Pia stand auf. »Ich glaube, wir sollten jetzt besser mal gehen, Frau Berghof kommt gleich zurück.«

Ich erhob mich ebenfalls. »Habt ihr Eis da?«

»Ja.«

Wir liefen zu Pias Haus, taperten über die Terrasse durchs Wohnzimmer zur Küche und holten uns zwei Eis aus dem Kühlfach.

Als wir wieder ins Wohnzimmer kamen, wies Pia auf die nassen Fußspuren, die wir hinterlassen hatten. Außerdem hatten wir noch Gras und Erde hineingetragen.

»Vielleicht sollten wir uns angewöhnen, unsere Füße sauber zu machen, bevor wir ins Haus gehen. Ich bin nämlich ziemlich sicher, dass Putzen auch zu normalen Haushaltspflichten gehört.«

»Putzen! Ach je! Stimmt. Das klingt allerdings nicht besonders spannend. Aber vielleicht können wir ja ein System entwickeln, damit man gar nicht mehr putzen muss.«

»Wenn das ginge, wären schon andere drauf gekommen.«

»Lass mich mal darüber nachdenken, mir fällt bestimmt was ein!«

Wir setzten uns auf die Terrasse und aßen gemütlich unser Eis.

Pias Eis tropfte auf ihr T-Shirt.

Ich deutete mit dem Finger darauf. »Und das solltest du

auch lassen, hast nur Arbeit damit, die Flecken wieder rauszukriegen.«

Pia seufzte. »Womöglich ist es doch nicht so einfach, den Haushalt zu erledigen, da kommt ganz schön was zusammen …«

Kurz brachte sie mich zum Zweifeln. Doch dann schüttelte ich den Kopf: »Genau genommen hat deine Mutter gar keine Wahl. Ihr Halbtagsjob wird in einen Vollzeitjob umgewandelt und wenn sie die Ganztagsstelle nicht annimmt, muss sie sich einen anderen Job suchen. Und dass das nicht so einfach ist, wissen wir ja.«

Pia nickte heftig. Wir beide hatten nämlich schon mal versucht, für ihre Mutter einen anderen Job zu finden, beziehungsweise ihre Arbeitsbedingungen im Hotel, wo sie als Rezeptionistin arbeitet, zu verbessern. Das hatte dann leider zu dieser Änderung ihres Halbtagsjobs geführt. Daher hatten wir so ein minibisschen ein schlechtes Gewissen.

»Also, ich würde vorschlagen, du sagst deiner Mam, dass wir ab jetzt den Haushalt machen.«

»Wir?«

»Na hör mal, ich helfe dir doch selbstverständlich!«

Bevor sich Pia bei mir bedanken konnte, schallte eine Stimme zu uns auf die Terrasse.

»Das darf doch wohl nicht wahr sein!«

An der Grundstücksgrenze wurden zwei Büsche auseinandergeschoben und Frau Berghofs Kopf erschien.

»Wart ihr schon wieder in meinem Garten?«

Instinktiv rief ich: »Nein!«

»Und wie kommen dann eure Fußspuren hierher?«

Leise sagte ich zu Pia: »Wie kann man denn auf dem Gras Fußspuren entdecken?«

»Nicht auf dem Gras, du Schäfchen! Auf den Platten! Da sind nasse Kinder-Fußabdrücke.«

Sie hatte echt gute Ohren für ihr Alter.

»Ihr seid wirklich nicht für den Geheimdienst geeignet. Man läuft doch nicht mit nassen Füßen über Platten, wenn man nicht erwischt werden will.«

»Wenn Sie nicht so früh nach Hause gekommen wären, hätte die Sonne das wieder getrocknet«, verteidigte ich uns.

»Stimmt, aber dann wären da immer noch die Abdrücke in meinen Blumenbeeten. Ich kann euren Weg genau verfolgen.«

Pia rief: »Tut uns leid, Frau Berghof.«

»Und mir erst!«, gab sie sofort zurück. »Ihr seid nicht nur dreist, sondern auch noch ausgesprochen ungeschickt. Lasst das in Zukunft!« Sie drehte sich um und ging wieder.

Ich blickte Pia an.

»Was denn jetzt? Keine Spuren mehr hinterlassen oder ihren Garten nicht mehr betreten?«

Pia meinte bloß: »Die Antwort kennst du.«

Ich nickte eifrig.

»Auf keinen Fall Spuren hinterlassen, wir müssen vorsichtiger werden.«

»Also eigentlich meinte sie …«

»Ich weiß. Aber unseren Teich geben wir doch sowieso nicht auf.«

Kapitel zwei

Pias Mutter hatte sich gefreut, als sie hörte, dass ihre Tochter bereit war, sich darauf einzulassen. Die endgültige Entscheidung, ob sie weiterhin den Ganztagsjob machen wird, wollte sie in vier Wochen treffen. Deshalb hatte sie vorgeschlagen, dass sie sich erst mal komplett aus der Haushaltsführung raushält, damit Pia einen Überblick bekommt, wie viel Arbeit es ist, und man dann gemeinsam überlegen kann, ob es überhaupt realistisch ist, und welche Aufgaben Pia dann künftig übernehmen könnte. Sie meinte, wir sollten mit leichten Sachen anfangen, wie etwa Aufräumen, Putzen, Staubwischen, Staubsaugen.

Ein Klacks! Denn man kann sich sehr viel Arbeit ersparen, wenn man zum Beispiel Dinge, die man benutzt hat, auch gleich wieder wegräumt. Und wenn man was verschüttet oder verkrümelt, es sofort wieder in Ordnung bringt. Damit fallen schon mal das Aufräumen und das Putzen weg.

Blieben noch Staubwischen und Staubsaugen. Merkwürdige Sache, das mit dem Staub. Es stellte sich heraus, dass man gegen den Staub nichts tun kann, der kommt einfach, egal wie sehr man aufpasst. Und diese Staubmäuse, also der zusammengeballte Staub unter Schränken und Betten, finden sich auch ganz von allein ein. Das wollte ich selbstverständlich nicht so einfach hinnehmen. Dafür musste es doch eine Lösung geben! Ich zückte mein Handy. Im Internet standen Tipps, wie man Staub vermeiden kann.

»Also erst mal muss man auf die richtige Art Staubwischen. Und zwar mit einem feuchten Tuch und etwas Spülmittel im Wasser, damit sich der Staub nicht mehr so schnell absetzt. Dann muss man die Luftfeuchtigkeit erhöhen und regelmäßig lüften.«

»Aha.«

»Staubfänger müssen entfernt werden.«

»Und was wäre das?«

»Zum Beispiel Vorhänge, Kissen, Decken. Hängt ihr sehr an euren Polstermöbeln? Betten? Alles heftige Staubfänger.«

Pia sah mich kopfschüttelnd an. »Sei nicht albern.«

»Okay. Und hier steht, dass Pflanzen die Raumluft reinigen. Ihr braucht mehr Pflanzen. Die ziehen Staubpartikel an, sorgen für eine erhöhte Luftfeuchtigkeit und filtern Schadstoffe aus der Luft.« Ich strahlte. »Hey, das ist die Lösung! Die Pflanzen übernehmen sozusagen das Staubwischen für uns!«

Pia horchte interessiert auf. »Das klingt gut. So sparen wir eine Menge Zeit.«

Ich erhob mich. »Dann los, lass uns ein paar Mitarbeiter kaufen!«

Als wir an der Haustür waren, fiel mir noch etwas ein. »Hast du Geld?«

»Oh.« Pia überlegte. »Meine Mutter hat mir Haushaltsgeld gegeben, weil ich ja jetzt auch Lebensmittel und so einkaufen muss. Davon nehm ich was. Ist ja sozusagen eine Haushaltsausgabe.«

»Super.«

Als sie wiederkam, fragte sie: »Was ist eigentlich mit Hausaufgaben?«

Ich winkte ab. »Machen wir später. Lass uns jetzt erst mal in die Stadt gehen.«

Im Blumenladen waren wir ein wenig ratlos. Welche Pflanzen würden ihren Job richtig gut machen? Unschlüssig standen wir herum.

Eine Verkäuferin sprach uns an: »Kann ich euch helfen?«

»Ja.«

»Was sucht ihr denn?

»Staubfressende Pflanzen.«

»Staubfressende Pflanzen?«, wiederholte sie verwirrt.

Ich ließ mich nicht irritieren, ich blieb dabei: »Also, welche Pflanzen würden den meisten Staub anziehen?«

Wieder schien sie ratlos. Aber dann bemühte sie sich. »Welche mit besonders vielen Blättern. Großen Blättern.« Sie war wohl immer noch verwundert über unsere Frage. »Ist das ein Projekt für die Schule?«

»Nein. Meine Freundin Pia muss den Haushalt übernehmen, damit ihre Mutter arbeiten gehen kann, und deswegen brauchen wir Pflanzen, die für uns das Staubwischen übernehmen.«

Diese Erklärung schien ihr ganz und gar nicht einzuleuchten. Mist, hätten wir doch besser das Schulprojekt angegeben. Denn nun hatte sie irgendwie das Interesse verloren, uns zu helfen. Sie meinte nur noch: »Na, dann seht euch mal um« und wandte sich an eine andere Kundin.

Ich wollte protestieren, doch Pia hielt mich zurück. »Also, sie hat uns ja einen wertvollen Hinweis gegeben, der auch Sinn macht: viele Blätter. Das schließt schon mal Kakteen aus.«

Ich nickte. »Und je größer sie sind, desto mehr Arbeit können sie übernehmen.«

Wir brauchten sehr lange, bis wir eine Auswahl getroffen hatten. Schließlich standen unsere Kandidaten fest: Laut den Zettelchen, die an den Pflanzen hingen, hatten wir einen Ficus Benjamini, eine Goldfruchtpalme und einen Gummibaum gewählt.

»Mit denen fangen wir an. Und wenn sie ihren Job richtig gut machen, holen wir uns weitere Mitarbeiter.«

Nachdem wir die Pflanzen gekauft hatten, war die Hälfte vom Haushaltsgeld weg, und wir stellten fest, dass wir noch ein anderes Problem hatten: drei Riesenpflanzen, aber nur zwei Leute zum Tragen.

Ich rief meinen kleinen Bruder Paul an, erklärte ihm, worum es ging, und bat ihn, uns zu helfen.

Leider tat mein Bruder nie etwas kostenlos. Er wollte bezahlt werden.

Ich hielt die Hand über den Hörer und erkundigte mich bei Pia: »Paul will drei Euro. Ist das okay?«

Pia dachte nicht lange nach. »Sicher, das ist ja auch eine Ausgabe, die mit dem Haushalt zu tun hat, und dafür ist das Haushaltsgeld da.«

Ich gab Paul grünes Licht, er versprach, so bald wie möglich mit seinem besten Freund Nils vorbeizukommen.

Wir schleppten die Bäume einzeln vor die Tür und setzten uns neben sie auf den Boden. Während wir auf die beiden warteten, fiel mein Blick auf die Eisdiele gegenüber.

»Sag mal, ist bei dem Haushaltsgeld auch vorgesehen, dass du dir hin und wieder mal ein Eis oder so kaufen kannst?«

Pia hatte ebenfalls die Eisdiele im Visier und schien erfreut über meine Frage. Sie sprang sofort auf und rief: »Klar. Ich nehm Schokolade, welche Sorte willst du?«

»Erdbeer.«

Und schon sauste sie rüber und kaufte Eis für uns.

Also, ich fand, die Sache mit dem Haushalt war eine prima Idee.

Zu Hause platzierten wir die drei neuen Mitbewohner im Wohnzimmer, weil sich nach unserer Meinung dort der meiste Staub ansammelte. Da sie ja nun sozusagen zur Familie gehörten, gaben wir ihnen Namen. Der Benjamini durfte seinen Namen weitgehend behalten, wir kürzten zu Ben ab, den Gummibaum nannten wir Konrad und die Palme Mathilde.

Wir waren ausgesprochen zufrieden.

»Musst du noch irgendetwas tun, haushaltstechnisch?«, fragte ich Pia.

»Nein, alles erledigt. Heute muss ich nur noch das Abendessen vorbereiten.«

»Was gibt's denn?«

Pia zuckte mit den Schultern. »Mal sehen, was im Kühlschrank ist. Meine Mutter erwartet nicht wirklich, dass ich koche, kaltes Abendbrot ist völlig okay. Wurst, Käse und so.«

»Sollen wir schon mal den Tisch decken?«

»Wir müssen noch Hausaufgaben machen.«

»Machen wir anschließend.«

Pia war sofort bereit dazu, auch sie schob die Hausaufgaben ganz gern auf.

Nachdem Pia einen Blick in den Kühlschrank geworfen hatte, drehte sie sich zu mir um.

»Wir haben nichts mehr da.« Sie seufzte. »Jetzt fällt mir ein, dass meine Mam gesagt hat, ich sollte heute Lebensmittel einkaufen gehen.«

»Vielleicht können wir improvisieren? Muss ja nicht immer Käse oder Wurst aufs Brot. Wie wär's mit hartgekochten Eiern und Gewürzgurken?

Pia nickte und überprüfte den Brotkasten.

»Dafür bräuchten wir aber Brot. Das ist auch alle.«

Ich stöhnte. »Okay, gehen wir einkaufen.«

»Zu dumm, dass wir da nicht dran gedacht haben, als wir in der Stadt waren.«

»Da wussten wir es ja noch nicht.«

»Das müssen wir künftig besser organisieren.« Pia sah mich an. »Irgendwie fühl ich mich jetzt schon ein bisschen überfordert!«

»Ach wo! Ist bloß neu für uns. Das kriegen wir hin.«

»Wir sollten auch eine To-do-Liste für den Haushalt anlegen.«

Pia und ich führen nämlich auf unseren Handys eine To-do-Liste, auf der wir notierten, was dringend zu erledigen ist. An oberster Stelle stand Hausaufgaben machen, was wir aber ignorierten, weil es viel wichtigere Dinge gab. Wie etwa Weltfrieden, kostenlose Gummibärchen für alle Schüler, eine Gemüsesorte züchten, die nach Schokolade schmeckt, und vieles mehr.

Wir machten uns wieder auf den Weg.

»Sag mal, das mit dem Einkaufen muss man ja ständig machen. Wäre es nicht viel schlauer, wenn man gleich ganz viel auf einmal kaufen würde?«, überlegte ich.

»Das nennt man Großeinkauf und dafür braucht man ein Auto. Das macht meine Mam einmal im Monat. Ich soll nur für den täglichen Bedarf einkaufen. Oder falls was fehlt und wir es dringend brauchen.«

Das waren klare Anweisungen. Wir kamen also um das regelmäßige Einkaufen nicht herum. Schade.

»Also nur Brot, Käse und Wurst. Was ist mit Butter?«

»Hab ich nicht überprüft.«

»Na, nehmen wir besser mal mit. Und in Zukunft schreiben wir Einkaufslisten.«

Im Supermarkt, beim Käse-Regal, hatte ich eine geniale Idee. Emmentaler war im Angebot. Die Packung war um einen Euro reduziert.

»Wenn wir zehn Packungen kaufen, sparen wir zehn Euro. Dann hast du zehn Euro übrig. Das wird deine Mam doch sicher beeindrucken.«

Pia fand meine Überlegung gut.

Wieder zu Hause, deckten wir den Tisch, bereiteten das Abendessen vor, waren dann zwar ziemlich erschöpft, aber doch sehr stolz auf uns.

Nur leider hatten wir die Hausaufgaben vergessen. Das fiel uns erst am nächsten Morgen auf dem Weg zur Schule ein. Dummerweise hatten wir nicht mehr genügend Zeit, für alle Fächer die Hausaufgaben zu erledigen. Also entschieden wir, sie nur für die Lehrer zu machen, mit denen wir am meisten Ärger bekommen würden.

Kapitel drei

In der großen Pause bot mir Pia ein Käsebrot an.

»Ist das der Käse, den wir gestern gekauft haben?«

Sie nickte.

»Und was hat deine Mutter zu dem Sonderangebot gesagt?«

Pia verzog das Gesicht. »Dass wir jetzt in der nächsten Woche möglichst rund um die Uhr Käsebrote essen sollten.«

»Wieso?«

»Na ja, weil der Käse das Ablaufdatum erreicht hatte. Deshalb war er reduziert. Es sei wichtig, darauf zu achten, wie lange Lebensmittel haltbar sind. Und sie meinte, dass man nicht wirklich Geld übrig hat, wenn man es ausgibt. Irgendetwas an unserer Rechnung stimmte wohl nicht.«

Bevor ich meine geniale Rechnung verteidigen konnte, kam Konstantin Fischer, der humorlose Chefredakteur unserer Schülerzeitung, zu uns und erkundigte sich, wie weit wir mit unserer Reportage seien.

Ich sah Pia fragend an. Die zog fragend die Augenbrauen hoch. Na super, sie wusste also auch nicht, worum es ging.

Ich hielt es für unklug, ihm mitzuteilen, dass wir keine Ahnung hatten, wovon er redete, und entsprechend noch nicht mal angefangen hatten, daher sagte ich ausweichend: »Wie war das Thema noch mal?«

Das war jedoch nicht wirklich ausweichend, sondern eher ungeschickt, denn er riss die Augen auf und schimpfte: »Wie bitte? Du hast das Thema vergessen?«

Ich tat erstaunt. »Hatte ich nach dem Thema gefragt? Ich meinte: Wann ist der Abgabetermin?«

Er schien ein wenig beruhigt. Nein, doch nicht, denn nun stöhnte er: »Das darf ja wohl nicht wahr sein!«

Wie kam ich denn jetzt da wieder raus? Dann fiel mir etwas ein. Stolz sagte ich: »Ich frag ja bloß, weil die Zeitung nicht mehr gedruckt wird, sondern nur noch online erscheint.«

»Das ändert nichts am Erscheinungstermin.«

Tolle Antwort.

»Seht zu, dass ihr rechtzeitig abgebt«, meinte er bloß noch und ging wieder.

Ich drehte mich zu Pia. Sie informierte mich: »Die Schülerzeitung erscheint einmal monatlich jeweils am Anfang des Monats, also in einer Woche.«

»Okay, also wir haben noch Zeit. Aber jetzt müssen wir rauskriegen, worüber wir diese Reportage machen sollen. Erinnerst du dich?«

Pia schüttelte den Kopf. »Meinst du, wir könnten jemand vom Schülerzeitungsteam fragen?«

»Nee, die werden es brühwarm Konstantin erzählen.«

Konstantins Team bestand gerade mal aus drei Leuten. Zwei kleine Jungs, aus Pauls Jahrgang, nämlich Max, der Bildredakteur, und Philip, der für das Layout zuständig ist. Und da war Caro, ein Mädchen aus der Achten, die sich um die Berichte über die Klassenausflüge und den Veranstaltungskalender kümmerte. Die restlichen Beiträge schrieb Konstantin selbst. Das heißt, er schrieb sie nicht wirklich, sondern er druckte einfach Referate ab und die ließ er sich von den Lehrern geben. Keiner hatte Lust, dort mitzuarbeiten. Dass Pia und ich bei der Schülerzeitung mitmachten, war genau genommen das Ergebnis einer Erpressung. Ein Referat von mir über Feldhamster war nämlich versehentlich in der Schülerzeitung gelandet. An sich kein Problem, aber das Referat, das meine Bio-Lehrerin begeistert an Konstantin weitergereicht hatte, war gar nicht von mir, sondern ich hatte der Einfachheit halber einen Artikel meines Vaters genommen, den er für eine Serie über bedrohte Tierarten geschrieben hatte. Allerdings war Konstantin nur unter der Bedingung bereit gewesen, das Referat rauszunehmen, wenn Pia und ich dafür eine Reportage schreiben würden. Aber ich hatte null Erinnerung mehr daran, zu welchem Thema.

Etwas missmutig liefen wir über den Schulhof und gingen an Paul und Nils vorbei. Sie saßen auf einer Bank und waren damit beschäftigt, in Hefte zu schreiben. Wahrscheinlich machten sie wieder Matheaufgaben für Mitschüler. Natürlich gegen Honorar.

Ich schüttelte den Kopf. »Also ehrlich! Paul ist wirklich ständig damit beschäftigt, mit irgendwas Geld zu machen.«

Das brachte mich auf die Idee. Ich blieb stehen. »Sag mal, Pia, wie sieht es mit dem Haushaltsgeld aus? Kannst du noch einen Euro entbehren?«

»Ja. Aber wofür denn?«

»Komm mit!«, sagte ich und kehrte um.

»Hey, Paul! Komm mal her!«

»50 Cent und ich komme.«

Ich verdrehte die Augen. »Du spinnst ja wohl. Aber wenn du kommst, kannst du dir vielleicht einen Euro verdienen.«

Paul stand auf der Stelle neben uns. »Was soll ich tun?« Nils fand sich ebenfalls ein.

»Ganz leichte Sache. Pia und ich müssen für die Schülerzeitung eine Reportage schreiben. Dein Part ist, rauszukriegen, wie das Thema lautet.«

Paul war misstrauisch. »Wieso?«

»Weil wir es vergessen haben, aber nicht fragen wollen.«

»Mann, seid ihr dämlich!«

»Tust du es oder nicht?«

»Und wie soll ich das machen?«

»Wenn ich dir das sagen muss, reduziert sich dein Honorar.«

»Wer macht denn bei uns die Schülerzeitung?«, fragte Nils.

»Diese Info kostet dich 50 Cent«, sagte ich, und war ziemlich stolz darauf, dass ich genauso clever verhandelte wie mein kleiner Bruder.

Paul schubste Nils an. »Das kriegen wir auch so raus. Ist kein Ding.«

Er sah mich an. »Also, du willst nur wissen, wie euer Thema lautet, und dafür kriegen wir einen Euro?«

»Ja.« Es klang so leicht, dass ich fast den Euro bereute. Deshalb fügte ich hinzu: »Bis heute Abend.«

Paul winkte ab. »Am Ende der Pause sag ich es dir.«

Paul war immer so großspurig. Aber war mir nur recht, je schneller wir wussten, worum es ging, desto schneller konnten wir anfangen.

Paul kam tatsächlich bereits am Ende der Pause zu uns.

»Es geht um die Freizeitaktivitäten von Schülern. Darüber sollt ihr eine Reportage machen. Mit Fotos.«

Nun erinnerte ich mich auch wieder. »Stimmt, genau das war's!«

Ich stöhnte. Paul hielt fordernd die Hand auf. Ich nickte Pia zu, sie kramte einen Euro hervor. Paul nahm ihn grinsend entgegen. »Sag mal, kann es sein, dass ihr nicht sehr wild darauf seid, das zu machen?«

»Ganz und gar nicht!«

Er grinste nun noch breiter. »Was wäre es euch wert, wenn Nils und ich das übernehmen?«

Nun war ich schon sehr verblüfft. Einmal darüber, dass ich nicht selbst darauf gekommen war, zum anderen, dass

Paul tatsächlich aus jeder Gefälligkeit etwas rausschlagen wollte. Darin unterscheiden mein Bruder und ich uns ganz gewaltig. Mir macht es Spaß zu helfen, er tat es, wenn man ihm dafür Geld gab. Na ja, wie auch immer. Ich wollte mich mit Pia beraten und zog sie zur Seite.

»Was meinst du?«

»Also, eigentlich wär das schon sehr praktisch. Das ist echt viel Arbeit. Wann sollen wir das denn noch machen?«

Ich konnte ihr nur zustimmen. »Wie viel wollt ihr dafür?«

Paul hielt beide Hände mit ausgestreckten Fingern hoch. 10 Euro! Wow.

»Ich hab mein Taschengeld für diesen Monat schon ausgegeben und ich bekomm auch keinen Vorschuss. Meine Mutter sagt, ich soll endlich mal lernen, mir mein Geld richtig einzuteilen.« Ich sah Pia fragend an. »Und du?«

»Dasselbe.«

Ich seufzte. »Dann müssen wir's halt doch selbst machen.«

Ich wollte Paul gerade das Ergebnis unserer Besprechung mitteilen, da stoppte mich Pia.

»Nein, warte mal. Wenn man es genau nimmt, würden wir das Geld ja sozusagen für den Haushalt ausgeben, also damit wir mehr Zeit haben, die Hausarbeit zu machen.«

»Du willst es vom Haushaltsgeld bezahlen?«, wunderte ich mich.

Pia nickte vorsichtig, so ganz überzeugt schien sie nicht. »Ja, du hast recht, keine gute Idee«, meinte sie schließlich.

»Nein! Es ist eine gute Idee und auch irgendwie logisch. Lass es uns machen!«

»Wir sollten aber Konstantin fragen, ob es okay ist, wenn jemand anderes die Reportage schreibt.«

Ich schüttelte den Kopf. »Auf keinen Fall. Der sagt bestimmt Nein. Besser wir geben ihm den fertigen Artikel und erwähnen ganz nebenbei, dass Paul und Nils den geschrieben haben. Dann sind wir auf der sicheren Seite. Er braucht den Beitrag und es wird ihm egal sein, von wem der ist.«

»Okay.«

Wir gingen zurück zu Paul und Nils. Ich versuchte noch einmal kurz zu verhandeln, bot ihnen acht Euro und eine Woche lang täglich ein Käsebrot, aber darauf ließen sie sich nicht ein.

Schade. Irgendwie hatte ich das Gefühl, ich müsste das mit dem Käse-Sonderangebot wiedergutmachen.

Kapitel vier

Dass man Wäsche nicht nur einfach in den Wäschekorb legen kann, sondern sie irgendwann auch einmal waschen muss, fiel uns auf, als Pia sich von mir Jeans und T-Shirts leihen musste, weil sie nichts mehr anzuziehen hatte. Also, es war nicht so, dass wir komplett vergessen hatten zu waschen, wir hatten sogar fast täglich gesagt: Wir müssen dringend mal einen Waschtag einlegen, aber, ebenso wie unsere Hausaufgaben, hatten wir es immer wieder verschoben.

Das wollten wir nun endlich in Angriff nehmen. Heute Nachmittag war Waschtag. Wir stopften alles in die Maschine und drückten auf den Startknopf.

Zwei Stunden später stellten wir fest, dass so eine Waschmaschine ihre Tücken hat: Sie will nämlich richtig eingestellt werden. Deshalb hatte Pias Mam auch ganz genau aufgeschrieben, was zu tun war. Es wäre gut gewesen, wenn wir etwas intensiver nach diesem Zettel gesucht hätten. Aber Pia fand ihn nicht und ich war mir sicher, dass wir das auch allein hinkriegen würden. Als wir die

Maschine eingeschaltet hatten, stand sie auf Kochwäsche – das hatte uns nicht weiter irritiert. Was uns jedoch sehr irritierte, war das Ergebnis.

Ich hielt einen kleinen rosafarbenen Pullover in die Höhe. »Der passt doch höchstens einem Hamster.«

Als ich Pias bestürztes Gesicht sah, meinte ich vorsichtig: »Ich geh mal davon aus, dass keine Hamster-Pullis in der Wäsche waren?«

Pia stürzte sich drauf, untersuchte ihn und rief außer sich: »Das war mein Pulli! Und er war weiß!«

Nach einigen Recherchen fanden wir heraus: Wolle mag keine hohen Temperaturen und die Farbe Rot verträgt sich nicht gut mit der Farbe Weiß in derselben Maschine. Interessante Sache: Wäsche ist nicht gleich Wäsche, man muss sie sortieren. Nach Farben und nach Material. Und danach richtet sich dann die Temperatur, mit der man waschen muss.

Wir waren nun doch etwas betroffen. Panisch wühlte sich Pia durch den Rest der Wäsche und wir mussten feststellen, dass die meisten Kleidungsstücke eingegangen waren. Nicht so schlimm wie der Wollpulli, aber sie waren nun deutlich kleiner.

»Bei deinen T-Shirts und Jeans könnten wir doch sagen, dass du rausgewachsen bist«, schlug ich vor.

Aber Pia war zu entsetzt, um konstruktive Vorschläge entgegenzunehmen. Sie jammerte: »Was wird bloß meine Mam dazu sagen?«

»Nichts. Weil du es ihr nicht erzählen wirst.«

Sie wollte protestieren, aber ich war schneller. »Überleg doch mal, wir wollten deiner Mutter helfen und ihr keinen Stress machen. Es ist besser für sie, wenn sie es nicht erfährt.«

»Wie soll ich rosafarbene Bettwäsche geheim halten?«

Ich war bereits an meinem Handy und informierte mich. »Keine Panik, die Bettwäsche kann man wieder entfärben. Wir brauchen einfach nur Entfärber«, teilte ich ihr gleich mit. »Mal sehen, was man bei eingelaufener Wäsche tun kann.«

Ich recherchierte. Doch ich hatte schlechte Nachrichten für Pia: »Den Prozess des Einlaufens kann man leider nicht rückgängig machen. Ich leih dir vorläufig ein paar Sachen von mir.«

Pia war immer noch so schockiert, dass sie alles abnickte.

Wir sausten in die Stadt, um Entfärber zu besorgen, und machten uns dann an die Arbeit.

Schon hatten wir wieder was gelernt: Der Entfärber wusste nicht, dass er nur die rosa Farbe aus dem Stoff holen sollte. Das Rosa war zwar raus, aber bei ein paar der gemusterten Sachen waren auch die anderen Farben weg. Das war nicht zu reparieren, damit musste man leben.

Bevor wir dann die Wäsche in den Trockner stopften, studierten wir erst einmal ganz ausführlich dessen Gebrauchsanweisung und diese kleinen Etiketten in der Kleidung, auf denen steht, was man damit machen kann und was nicht. Dabei ist mir aufgefallen, dass es Sachen gibt, die man gar nicht waschen kann. Wie dämlich ist das denn? Und einige Teile dürfen nicht in den Trockner. Diesmal passten wir auf und machten alles richtig.

Als die Wäsche trocken war, schleppten wir sie ins Wohnzimmer und breiteten sie aus, um sie zu sortieren und herauszufinden, was gebügelt werden musste.

»Ich hol schon mal das Bügeleisen«, sagte Pia.

»Und ich schau bei Google vorsorglich, was beim Bügeln alles schiefgehen kann.«

Pia hielt inne und sah mich erschöpft an. »Lass uns morgen bügeln. Ich kann nicht mehr.«

»Morgen ist Putztag und wir müssen wieder einkaufen. Verflixt, das hätten wir erledigen können, als wir eben in der Stadt waren.« Dann fiel mir ein: »Und morgen wollten wir doch ins Kino.«

Pia seufzte. »Also, wenn man sich um den Haushalt kümmern muss, hat man eigentlich kaum noch Zeit für irgendetwas anders.«

»Vielleicht schaffen wir das ganze Pensum, wenn wir die Schule streichen«, schlug ich vor.

Pias Blick zeigte mir, dass sie das nicht ernsthaft in Erwägung ziehen wollte.

Wir waren ziemlich erledigt und ein wenig mutlos. So richtig rund lief das mit unserer Haushaltführung irgendwie nicht.

In das ganze Wäsche-Chaos platzte dann auch noch Frau Berghof. Sie stand auf der Terrasse und klopfte gegen die Scheibe. Sie machte ein sehr verärgertes Gesicht. Pia öffnete die Terrassentür. Doch Frau Berghofs Gesicht wurde nicht freundlicher, im Gegenteil, nun fing sie auch an zu schimpfen: »Ich weiß wirklich nicht mehr, was ich tun muss, damit ihr aus meinem Garten bleibt!«

»Wir waren nicht in Ihrem Garten!«, schimpfte ich sofort zurück.

»Ach ja? Und wieso sind dann meine Blumenbeete wieder zertrampelt? Und zwar beim Teich. Ich weiß ja, dass ihr zwei dort immer sitzt! «

Ich lachte bitter. »Dafür haben wir überhaupt keine Zeit mehr!«

Da fielen ihr die verstreuten Wäscheberge auf.

»Was macht ihr denn hier?« Sie wandte sich an Pia. »Weiß deine Mutter davon?«

»Ihre Mutter hat das angeordnet!«, verteidigte ich uns sofort.

»Was du immer für Sachen erzählst!«, schnaubte sie.

»Doch, ganz im Ernst! Pia soll die Hausarbeit übernehmen.«

Frau Berghof blickte etwas verblüfft drein.

Mir schien sie nicht zu glauben, daher fragte sie Pia: »Stimmt das?«

Pia nickte. »Ja, weil sie doch jetzt ganztags arbeitet, soll ich ihr im Haushalt helfen.«

»Unter helfen hat sich deine Mutter aber ganz bestimmt etwas anderes vorgestellt!«

Ich fand das ja nicht besonders nett, aber Pia gab ihr recht und erklärte Frau Berghof die Sachlage.

Die hörte sich alles in Ruhe an, dann schüttelte sie energisch den Kopf: »So geht das nicht! Damit seid ihr ja völlig überfordert.«

Fand ich nicht. »Wir schaffen das schon, alles nur eine Frage der Übung.«

Sie ignorierte meinen Kommentar und wandte sich an Pia. »Ich habe einmal die Woche eine Haushaltshilfe, die mein Haus putzt und für mich die Wäsche erledigt. Darüber solltet ihr nachdenken.«

Was? Darüber, dass sie eine Haushaltshilfe hat? Oder sollte das ein Vorschlag sein, dass wir auch jemanden engagieren sollten? Natürlich traute ich mich nicht nachzufragen.

Dann wurden wir abgelenkt. Jemand lief eine Runde durch Pias Garten, dann zurück zu Frau Berghof, Richtung Teich. Mit einem Fotoapparat in der Hand, hinter einem Schmetterling her. Und dieser Jemand war mein Vater. Wir starrten alle drei ziemlich verblüfft nach draußen.

Frau Berghoff drehte sich zu mir und sah mich böse an. »Was seid ihr nur für eine Chaoten-Familie!«

Dann stürmte sie nach draußen.

Pia und ich liefen hinterher. Bei mir war es ein Schutzinstinkt, der mich nach draußen trieb, denn ich wollte meinen Vater vor Frau Berghof retten. Sie war durch ihren Garten gehastet und stand nun mit in die Seiten gestemmten Armen vor ihrem Teich. Mein Vater hatte ihr den Rücken zugewandt, der orangefarbene ziemlich große Schmetterling saß nun auf einer Schilfstange, und mein Vater fotografierte ihn wie verrückt.

»Herr Lichtenstein!«, donnerte Frau Berghof los.

Mein Vater erschrak, verlor die Balance und landete mit einem Bein im Teich. Er hatte die Nerven, sie böse anzuschauen und zu schimpfen: »Meine Güte, haben Sie mich erschreckt«, während er sein Bein wieder aus dem Wasser zog. Vorwurfsvoll betrachtete er seine nasse Hose, dann Frau Berghof.

Die schaffte es, noch vorwurfsvoller dreinzuschauen. »Was soll das?«, fauchte sie.

Er deutete auf das Schilf. »Sie haben einen seltenen Großen Feuerfalter.« Der Schmetterling flog weg. »Und jetzt haben Sie ihn verscheucht.« Nun sah er wiederum vorwurfsvoller aus als sie. Mein Vater schüttelte sein Bein und machte einen großen Schritt vom Teich weg. »Ich schreibe für die Tageszeitung eine Serie über bedrohte einheimische Tierarten. Der Große Feuerfalter gehört dazu. Er steht unter Naturschutz.«

Frau Berghof deutete auf die niedergetretenen Blumen an einer Stelle des Teichs und sagte: »Und die stehen unter meinem persönlichen Schutz!«

Etwas betroffen blickte mein Vater auf das Blumenbeet.

»Oh«, meinte er. »Das tut mir leid. Ich werde es in Ordnung bringen.«

»Allerdings werden Sie das!«, bellte sie, wenig versöhnt. »Die Kinder treten wenigstens nur auf die Beete, aber nicht auf die Blumen!«

»Das ist im Eifer des Gefechts passiert«, erklärte er. »Ich hab das nicht extra gemacht.«

Damit würde er nicht durchkommen, das wusste ich.

»Sie pflanzen neue und beseitigen Ihre Fußspuren.«

Ich wollte meinen Vater unterstützen und sagte: »Ich helfe dir!«

Frau Berghof blickte sich um. Nun erst sah sie uns. »Und ihr seid auch schon wieder in meinem Garten! Wieso respektiert niemand meinen Grund und Boden? Wenn ich Leute hier haben wollte, würde ich ein Schild aufstellen: *Hereinspaziert*. Solange ich das nicht tue, haltet euch fern!« Sie drehte sich wieder zu meinem Vater: »Das gilt auch für Sie!«

»Schon klar.« Er nickte zerknirscht.

Dann scheuchte sie uns weg. Ihr Arm war ausgestreckt und ihr Zeigefinger deutete unmissverständlich in Richtung Pias Grundstück. Wir gingen auf der Stelle und ohne Widerrede. Selbst mein Vater wagte es nicht, in die andere Richtung, also zu unserem Haus zu gehen.

Kapitel fünf

Nach unserer Flucht vor Frau Berghof standen Pia, mein Vater und ich auf Pias Terrasse. Mein Vater sah etwas unschlüssig zu Frau Berghofs Garten, er schien zu überlegen, ob er nicht doch ganz schnell ihren Garten durchqueren sollte, um wieder nach Hause zu gelangen.

Pia sah es ihm an und sagte: »Würde ich nicht tun. Bestimmt lauert sie noch hinter der Gardine.«

Da er nicht gleich reagierte, fügte sie hinzu: »Besser, Sie nehmen die Haustür und gehen außen rum.«

Er sah ein, dass er keine andere Wahl hatte, und folgte uns ins Haus. Als er das Wohnzimmer betrat, fiel ihm die herumliegende Wäsche auf.

Er zog die Stirn in Falten. »Was macht ihr denn hier?«

Inzwischen hatte er wohl genug Kenntnisse über den Ablauf in einem Haushalt und wusste, dass man normalerweise keine Wäsche im Wohnzimmer verteilt.

Pia und ich warfen uns einen schnellen Blick zu. Eigentlich sprach ja nichts dagegen, meinem Vater zu erzählen, was Sache war. Also berichteten wir.

Mein Vater zeigte sehr viel Verständnis für unsere Situation und schon bald tauschten wir sogar Haushaltstipps aus.

»Kochen macht mir jetzt richtig Spaß«, meinte er, »aber ganz elend ist das mit dem Staubwischen.«

Ich winkte ab und strahlte. »Das mit dem Staub haben wir geklärt, dafür haben wir Ben, Konrad und Mathilde.«

Besorgt erkundigte sich mein Vater: »Sind das Kinder aus eurer Klasse?«

»Aber nein, Pflanzen. Die verhindern Staub.« Ich deutete auf unsere Mitarbeiter, den Gummibaum, die Palme und den Benjamini. Da fiel mir auf, dass Ben irgendwie die Ohren hängen ließ.

»Was hat der denn?«, wunderte ich mich.

Mein Vater befühlte die Erde und meinte: »Durst. Gießt ihr die regelmäßig?«

Hm. Nein. Ich war ziemlich beeindruckt: »Du kennst dich ja echt gut aus.«

Dann fuhr er mit dem Finger über ein Regal und meinte: »Also eure Helfer machen aber keinen guten Job.« Zum Beweis hielt er einen staubigen Finger in die Höhe. Er hatte recht.

Ich sah Pia an. »Wir sollten ihnen kündigen.«

»Aber zunächst mal solltet ihr ihnen Wasser geben.« Er ging in die Küche. Pia seufzte. »Vielleicht war das mit den Pflanzen doch keine so gute Idee. Jetzt haben wir Geld ausgegeben für nichts.«

Mein Vater kam mit einem kleinen Krug mit Wasser wieder, goss unsere Pflanzen und zupfte die welken Blätter ab. »Das müsst ihr wirklich regelmäßig tun.«

Pia stöhnte: »Statt dass sie uns die Arbeit erleichtern, machen sie Arbeit.«

»Genau wie meine Kinder.« Mein Vater konnte sich ein Grinsen nicht verkneifen.

»Haha«, sagte ich beleidigt. »Ich biete dir ständig an, dir zu helfen, aber du lässt mich ja nicht.«

Mein Vater nickte. »Aus gutem Grund. Wenn du hilfst, hab ich anschließend mehr Probleme als vorher.« Schnell fügte er lächelnd hinzu: »Aber ich weiß, dass du es immer gut meinst.«

Ich hatte ihn schon böse angesehen und war nun wieder etwas versöhnt.

Dann blickte er sich um. »Tja, was machen wir denn jetzt?«

Was meinte er?

Er wandte sich an Pia. »Soll ich mal mit deiner Mutter reden?«

»Worüber denn?«

»Na, dass du mit dem Haushalt überfordert bist und man eine andere Lösung finden muss.«

»Nein, bitte nicht. Sonst muss sie sich doch einen neuen Job suchen.«

Ich nickte bestätigend. »Wir müssen das irgendwie hinkriegen.«

Er kratzte sich nachdenklich am Kopf. »Ich denke nicht, dass ihr das allein bewältigen könnt.«

Plötzlich bereute ich, dass wir ihn eingeweiht hatten. Das war nicht gut, denn mein Vater besprach alles mit meiner Mutter und holte ihren Rat ein. Und da kam es auch schon, er sagte: »Luna, ich rede mit deiner Mutter und hör mal, was sie dazu meint.«

»Nein! Bitte halte Mam da raus, sie wird dann gleich wieder mit Pias Mutter reden, und wir wollen sie doch damit nicht belasten. Wir kriegen das schon irgendwie allein hin.« Lieber schlug ich ihm einen Deal vor: »Du sagst nichts von diesem Chaos und ich sag nicht, dass du Ärger mit Frau Berghof bekommen hast. Du weißt ja, wie doll Mam immer mit mir schimpft, wenn ich in Frau Berghofs Garten war.«

Mein Vater überlegte. Man konnte ihm ansehen, dass er in einem Zwiespalt war. Schließlich sagte er: »Okay. Ich gebe euch eine Woche. Dann reden wir noch mal.«

»Das klingt vernünftig«, lobte ich ihn, was mir jedoch einen etwas strafenden Blick von ihm eintrug.

Um ihn nun loszuwerden, sagte ich: »Musst du jetzt nicht neue Blumen für Frau Berghof besorgen?«

»Ach je. Was waren das denn für welche?« Ich zuckte mit den Schultern. Er machte ein unglückliches Gesicht. Und er tat mir wirklich leid.

»Wenn du willst, schleich ich mich noch mal in ihren Garten und mach Fotos von den Blumen, die du ersetzen sollst.«

Er sagte zwar nicht sofort Ja, aber man sah ihm an, dass ihm der Gedanke gefiel.

Dann hatte ich eine Idee. Ich bot an: »Oder ich kann die Blumen besorgen und einpflanzen.« Ich hatte überlegt, dass er mir dann etwas schulden und sich wirklich bemühen würde, meiner Mutter nichts von Pias und meinen Haushaltsproblemen zu erzählen. Gespannt beobachtete ich ihn. Ihm war wohl klar, dass wir dadurch zu Komplizen würden.

Nach kurzem Nachdenken meinte er: »Das wäre super.« Dann strahlte er. »Ist wirklich sehr lieb von euch.« Er bedankte sich und ihm fiel ein, dass er ja seinen Artikel über den Großen Feuerfalter noch fertig schreiben musste. Geschäftig hob er seine Kamera in die Höhe und meinte strahlend: »Ich hab tolle Aufnahmen.« Dann machte er wieder ein bedrücktes Gesicht und seufzte. »Ist mir aber wirklich sehr unangenehm, dass Frau Berghof jetzt so sauer auf mich ist.«

»Die wird sich schon wieder beruhigen« , tröstete ich ihn und musste grinsen. »Pia und ich haben da schon unsere Erfahrungen, wir geraten ständig mit ihr aneinander.«

Er sah mich erschrocken an, wollte wohl etwas väterlich Mahnendes sagen, aber dann schluckte er bloß und schwieg tapfer. Ja, genau – nun konnte er mich nicht mehr anmeckern, weil er ja selbst in der Patsche saß.

Er seufzte noch mal, drehte sich um und ging zielstrebig zur Terrassentür.

Ich stoppte ihn und wies auf die Haustür. »Außen rum.«

»Oh ja, richtig.« Er grinste. »Ich will ja nicht schon wieder ausgeschimpft werden.«

Kaum hatte er das Haus verlassen, klingelte er jedoch wieder an der Tür. Ich öffnete, er hielt mir einen Fünfzigeuroschein hin.

»Ich weiß ja nicht, wie viel die Blumen kosten, und der Rest ist für eure Mühe.«

Ich strahlte und fiel ihm dankbar um den Hals.

Als wir am nächsten Tag, während Frau Berghof beim Einkaufen war, in ihren Garten gingen, um Fotos von den Blumen zu machen, die wir ersetzen mussten, stellten wir fest, dass sich fast alle über Nacht erholt hatten.

Pia meinte: »Also, wenn man die zertretenen Blätter und Blüten abschneidet, sehen die wieder ziemlich frisch aus. Dann brauchen wir keine neuen zu kaufen.«

Wir machten uns an die Arbeit und Pia hatte recht. Die Pflanzen hatten zwar jetzt weniger Blüten und auch weniger Blätter, aber sie sahen gesund und munter aus.

»Meinst du, wir kommen damit durch?«, fragte ich Pia.

Pia wiegte den Kopf hin und her, dann meinte sie: »Wenn wir vielleicht noch zwei oder drei neue kaufen und dazupflanzen, wird das schon in Ordnung sein.«

Mir kam da ein Gedanke. »Aber wenn wir gar keine Blumen kaufen, dann bleiben uns volle fünfzig Euro.«

»Frau Berghof erwartet neue Pflanzen in ihrem Garten.«

»Die müssen ja nicht wirklich neu sein. Wir könnten doch gebrauchte Pflanzen nehmen.«

»Was meinst du mit gebrauchten? Gibt es Secondhand-Blumen?«

»Na ja, das wären welche aus unserem oder eurem Garten. Wir graben sie aus und pflanzen sie bei Frau Berghof ein.«

Pia sah mich an und meinte: »Luna, du bist genial!«

»Wann ist sie denn wieder außer Haus?«, erkundigte ich mich, denn Pia hatte auf ihrem Handy Frau Berghofs Aktivitäten notiert.

»Eigentlich müssen wir das nicht heimlich machen, sie hat es ja selbst angeordnet, also ist wohl klar, dass wir ihren Garten betreten.«

»Stimmt. Aber irgendwie hab ich mich jetzt schon dran gewöhnt, nur in ihrem Garten zu sein, wenn sie nicht da ist. Behalten wir das sicherheitshalber bei.«

Kapitel sechs

Die Blumen, die wir in Pias und unserem Garten ausgegraben hatten, zierten nun Frau Berghofs Teichbepflanzung. Wir waren sehr zufrieden, es sah sogar noch besser aus als vorher. Wir standen in Pias Garten, brav an der Grundstücksgrenze, damit Frau Berghof nicht gleich wieder lospoltern würde, und warteten ungeduldig darauf, dass sie zurückkam, um ihr stolz unsere Arbeit zu präsentieren.

Als Frau Berghof auf ihrer Terrasse erschien, winkte ich ihr und deutete auf unsere neu gepflanzten Blumen am Teich.

Sie warf mir einen strengen Blick zu, schritt zum Blumenbeet und begutachtete es aufmerksam. Dann sah sie uns an und war für ihre Verhältnisse wohl hellauf begeistert, denn sie sagte in normaler Tonlage: »Na ja, dann wollen wir den Vorgang mal vergessen.« Das entsprach wohl so was wie: *Super, es sieht toll aus!* Sie betrachtete einen kleinen Strauch mit hübschen roten herzförmigen Blüten, den ich bei uns im Garten entdeckt und umgepflanzt hatte.

»*Tränendes Herz,* gute Wahl«, rief sie.

Ich war sehr stolz. Das war ein Megalob. Dann kam sie auf uns zu.

»Wie läuft das denn mit eurer Haushaltsführung?«

»Alles bestens«, antwortete ich sofort.

Sie zog eine Augenbraue in die Höhe und sah mich zweifelnd an. Dann richtete sie ihren Blick fragend auf Pia. »Also?«, erkundigte sie sich bei Pia, als hätte ich ihr nie geantwortet.

»Wir geben uns wirklich viel Mühe«, beteuerte Pia.

»Mühe allein genügt nicht. Habt ihr euch das mit der Haushaltshilfe mal überlegt?«

Da kam mir ein Gedanke. »Wir haben fünfzig Euro, würde das reichen?«

»Wofür?«

»Na, um die Haushaltshilfe zu bezahlen.«

»Für ein Mal, ja.«

»Wie oft kommt so eine Hilfe denn?«

»Je nachdem, wie viel Schmutz und Unordnung man macht. Normalerweise einmal in der Woche.«

»Wollen wir es mal ausprobieren?« Ich wartete Pias Antwort gar nicht ab, sondern wandte mich wieder an Frau Berghof. »Meinen Sie, Ihre Putzfrau wäre bereit, auch mal Pias Haus zu putzen?«

Frau Berghof betrachtete mich recht lange. Für meinen Geschmack etwas zu lange, ich bekam nämlich schon wieder ein schlechtes Gewissen. Fieberhaft überlegte ich, was an meiner Frage nicht in Ordnung gewesen sein könnte und wofür ich mich entschuldigen sollte, da reagierte sie. Wie so oft, wandte sie sich an Pia: »Wir machen Folgendes: Sie kommt morgen zu mir und ich werde sie bitten, stattdessen euer Haus in Ordnung zu bringen.«

»Aber was ist dann mit Ihrem Haus?«, fragte Pia.

»Das kann ich auch mal selbst machen.«

»Oder wir helfen Ihnen«, bot ich sofort an, denn nach wie vor war es mir ein unerklärliches Anliegen, mich bei Frau Berghof beliebt zu machen.

Entsetzt hob sie beide Hände. »Oh nein! Bloß nicht!« Dann drehte sie sich um und ging.

Ich fand es unhöflich, einfach mitten im Gespräch zu gehen, aber Pia strahlte. »Frau Berghof ist echt supernett!«

»Na ja«, meinte ich, aber dann musste ich doch zugeben: »Okay, es ist nett von ihr, dass sie uns ihre Putzfrau leiht.«

»Sag mal, wenn sie morgen kommt, sollten wir aber dringend das Haus in Ordnung bringen, für einen guten ersten Eindruck und so.«

Wir machten uns gleich an die Arbeit, räumten und putzen, bis alles picobello aussah. Damit waren wir den Rest des Tages beschäftigt. Es war extrem nervig. Ein superanstrengender Turbo-Arbeitseinsatz. Erst als wir fertig waren, überlegte ich, dass es eigentlich etwas dämlich war, wenn man sein Haus putzt, *bevor* die Putzfrau kommt. Anfängerfehler!

Frau Berghof hatte Pia informiert, dass sie am nächsten Tag punkt halb eins mit Irina kommen würde.

Um pünktlich daheim zu sein, mussten wir die letzte Schulstunde ausfallen lassen. War bloß Sport, also nicht so schlimm.

Zu Hause deckte Pia schnell den Tisch. Es war ein ziemliches Gehetze.

»Ganz ehrlich – ich weiß nicht, wie Leute das hinkriegen: Haushalt und Job«, stöhnte Pia.

»Vielleicht heiraten sie deshalb, damit sie zu zweit sind und sich die Arbeit teilen können.«

»Was bieten wir Irina denn zu essen an? Um etwas zu kochen reicht die Zeit nicht mehr.«

»Käsebrote. Der Käse muss alle werden«, entschied ich.

Dann klingelte es auch schon.

Frau Berghof stand mit einer stämmigen älteren Frau vor der Tür. Ohne abzuwarten betraten sie das Haus. Frau Berghof deutete auf Pia und sagte zu Irina: »Das ist die Kleine. Sie braucht Ihre Hilfe.«

Irina nickte, sah sich das Haus an und wollte von Pia wissen, wo die Putzmittel stehen.

Pia erklärte ihr alles.

Ich flüsterte Frau Berghof zu: »Wir haben auch schon das Mittagessen vorbereitet.«

»Und wieso soll mich das interessieren?«

»Ähm, na ja, das Essen ist für Irina, damit sie sich hier wohlfühlt.« Da sie mich sehr merkwürdig ansah, bot ich an:

»Also, Sie können selbstverständlich auch mitessen. Wir stellen einen weiteren Teller hin.«

Sie verdrehte die Augen.

»Liebchen, Irina kommt nicht zum Essen oder zum Plaudern zu euch, sie putzt das Haus!«

Da sie mich *Liebchen* genannt hatte, strahlte ich.

»Worüber freust du dich?«, fragte sie barsch. Ich überlegte, ob sie das mit dem *Liebchen* vielleicht ironisch gemeint hatte. Aber egal. Ich hörte auf zu lächeln.

»Tut mir leid.«

Sie schüttelte den Kopf. »Du bist ein sonderbares Mädchen.«

Dann drehte sie sich um und ging.

Irina hatte inzwischen angefangen zu saugen.

Pia und ich stellten uns daneben und beobachteten sie gespannt.

Sie hielt inne. »Ihr gäht rraus, spielen in Garten!«

Für wie alt hielt sie uns? Und hätte sie nicht mal sagen können, wie supersauber und aufgeräumt das Haus ist? Vielleicht arbeitete sie schon zu lange für Frau Berghof und war deshalb ebenfalls etwas schroff.

Ich fragte Pia leise: »Meinst du, wir müssen jetzt wirklich in den Garten gehen oder können wir auch zu mir rüber?«

»Ich denke, wir bleiben lieber hier, falls sie noch irgendwelche Fragen hat.«

»Okay, aber eins sag ich dir: Spielen tu ich nicht!«

»Wir könnten in Ruhe Hausaufgaben machen, haben wir schon ewig nicht mehr.«

»Ja, weil wir keine Zeit hatten.«

Pia blickte auf Irina. »Na ja, jetzt hätten wir die Zeit.«

Begeistert war ich nicht, aber Pia hatte natürlich recht. Wir nahmen unsere Schultaschen, setzten uns auf die Terrasse an den Tisch und kramten unsere Hefte hervor. Es wäre wirklich gut, wenn wir jetzt mal was für die Schule tun würden; in zwei Fächern mussten wir wegen fehlender Hausaufgaben bereits Strafarbeiten machen. Beim nächsten Mal würden sie unseren Eltern einen Brief schreiben. Das brauchten wir echt nicht.

Wir wollten gerade anfangen, da fiel Pia etwas ein: »Uns fehlt auch noch eine richtig gute Erklärung, wieso wir heute nicht in Sport waren.«

»Hausarbeit zählt wohl nicht zu den richtig guten Erklärungen? Genau genommen ist es ja auch so eine Art von Sport ...«

Pia seufzte. »Weißt du, ganz ehrlich, ich glaube nicht, dass wir das auf Dauer schaffen. Es macht wesentlich mehr Arbeit, als ich gedacht hatte.«

»Willst du aufgeben?«

»Ja.«

»Ich nicht! Und lass uns jetzt Hausaufgaben machen.«

Irgendwann stand Irina dann auf der Terrasse und verkündete: »Ich färrtig!«

Wir bedankten uns bei ihr und ich hielt ihr die fünfzig Euro hin. Aber sie winkte ab.

»Frau Bärrrghof schon errlädigt.«

»Wie jetzt? Frau Berghof hat Sie bezahlt?«

Irina nickte.

Pia meinte zu mir: »Na, dann geben wir das Geld eben Frau Berghof.«

Doch Irina widersprach: »Nein. Hat gesagt ist Gäschänk.«

Ich wurde ein wenig misstrauisch. »Wieso ist sie so nett?«

Irina sah mich empört an. »Ist immär nätt!«

»Nicht zu uns«, traute ich mich zu widersprechen.

»Dann liegt an euch!«, meinte sie und wollte gehen.

»Nein, an ihrer schlechten Laune!«

»Du auch schlächte Laune, wenn Sohn weg und du nie siehst Änkelkind.«

Pia und ich sahen uns irritiert an. Was meinte sie denn damit? Das war ja spannend!

Irina ging zur Tür und wollte gehen, doch ich hielt sie auf.

Verblüfft fragte ich: »Frau Berghof hat Familie?«

»Nur Sohn. Und Änkelkind. Zwei Stück. Beide Jungs.«

»Ach was! Erzählen Sie mal. Was ist passiert? Hatten sie Streit?«

Irina kniff die Augen zusammen. »Du mich nicht frragen aus!« Damit verließ sie Pias Haus.

Ich drehte mich zu Pia um.

»Die Arme!«, sagte Pia sofort.

»Wer jetzt?«

»Na, Frau Berghof!«

»Ich bin sicher, es war ihre Schuld.«

»Trotzdem. Sie tut mir leid.«

Ich schwieg.

Nach einer Weile meinte Pia: »Vielleicht können wir ja irgendetwas tun?«

»Ich muss jetzt heim, Abendessen. Willst du mit?«

»Nein, meine Mutter kommt doch gleich.« Pia grinste. »Bin gespannt, was sie zu dem picobello geputzten Haus sagt.«

»Sie wird begeistert sein«, versprach ich.

Kapitel sieben

Nach dem Abendessen klingelte es bei uns an der Tür, ich öffnete, Pia stand davor.

»Was machst du denn für ein Gesicht?«, fragte ich.

»Ich hab Ärger gekriegt.«

»Mit wem?«

»Mit meiner Mutter.«

»Weshalb?«

»Weil das Haus so sauber aussah.«

»Bitte?«

»*Zu* sauber.«

»Ach? Seit wann ist das ein Problem?«

»Erst war sie total happy, konnte es kaum glauben, lobte mich überschwänglich. Dann wurde sie plötzlich misstrauisch, sauste durch alle Zimmer, kontrollierte besonders die Badezimmer, entdeckte die gebügelte Wäsche, kam wieder und fragte misstrauisch: ›Was ist hier los, Pia?‹«

»Und?«

»Na ja, ich hab ihr das mit Irina erzählt.«

Ich schüttelte tadelnd den Kopf. »Fehler!«

»Es war ihr sterbenspeinlich. Vor Frau Berghof. Sie glaubt, die hält sie jetzt für eine schlimme Mutter, die ihr Kind für sich arbeiten lässt und so. Jetzt ist sie bei ihr, um die Sache zu erklären.«

»Und was bedeutet das jetzt jobmäßig?«

»Sie wird sich was Neues suchen. Halbtags.«

»Dann war alles umsonst?«

Pia zuckte seufzend mit den Schultern.

»Kannst du deinen Vater bitten, nicht zu erzählen, dass er auch davon wusste? Sonst denkt meine Mutter, sie muss sich jetzt auch vor euch genieren und rechtfertigen.«

Mein Vater hatte noch nie ein Geheimnis für sich behalten können. Es macht ihn total nervös und man merkt es ihm sofort an, dass da etwas ist, was er nicht erzählen darf.

»Wir haben bessere Chancen, wenn ich ihm *nicht* sage, dass er es nicht weitererzählen soll. Dann ist er entspannter.«

Pia nickte. »Ich geh mal besser wieder.«

»Irgendwie schade, wir hätten das bestimmt hingekriegt«, meinte ich zum Abschied.

Meine Mutter und mein Vater standen auf der Terrasse und diskutierten. Also, es war mehr so, dass meine Mutter empört auf meinen Vater einredete und er ein unglückliches Gesicht machte. Sie führten die Diskussion sehr leise, wegen der Nachbarn. Schließlich zog meine Mutter meinen Vater von der Terrasse zurück ins Wohnzimmer und schloss die Tür.

»Ich sag dir, das sind meine! Sie hat sie geklaut!«, schimpfte sie.

Mein Vater blickte mich Hilfe suchend an, daher erkundigte ich mich: »Worum geht's?«

Kurz zögerte meine Mutter, doch ihre Empörung war zu groß, es brach aus ihr heraus: »Frau Berghof stiehlt Blumen!«

Ich lachte. »Was?«

»Oh doch!«, rief meine Mutter. »Ich hatte ein *Tränendes Herz* neben unsere Terrasse gepflanzt. Jetzt ist es weg. Aber neben Frau Berghofs Teich steht plötzlich ein Strauch! Das ist meiner!«

»Oh«, machte ich erschrocken. Dann mit schlechtem Gewissen noch einmal: »Oh.« Ich wunderte mich: »Du erkennst deine Pflanzen?«

»Da ist nichts zu erkennen. Sie wandern nicht von allein zum Nachbarn rüber.«

Ich überlegte kurz, ob das eine haltbare Erklärung sein könnte, die ich aufgreifen und verstärken könnte. Aber mein Vater sah schon aus wie ein begossener Pudel, er würde das nicht durchstehen. Er war kurz davor, ein Geständnis abzulegen. Obwohl es da ja nichts zu gestehen gab. Er hatte keine Ahnung, dass Pia und ich die neuen Pflanzen in Frau Berghofs Garten nicht gekauft, sondern einfach aus unserem Beet umgesiedelt hatten.

»Ich geh da jetzt rüber und stell sie zur Rede!«, schimpfte meine Mutter. Dann fiel ihr auf, dass mein Vater sich wohl noch gar nicht zu dem Vorfall geäußert hatte. »Was sagst du denn dazu?«

»Also, ich weiß auch nicht, wie das kommt, aber es hängt vielleicht damit zusammen …«

»Das war ich!«, rief ich schnell. Denn es war ja nicht seine Schuld. Er hatte mir Geld für neue Blumen gegeben und wenn ich mich daran gehalten hätte, bekäme er jetzt keinen Stress mit meiner Mutter. Das war ziemlich eindeutig meine Baustelle. Ich musste ihn retten.

Nun hatte ich die volle Aufmerksamkeit meiner Mutter.

Fieberhaft versuchte ich, schnell zu entscheiden, wie viel von dem ganzen Vorfall ich erzählen durfte, um meiner Mutter eine sinnvolle Erklärung für ihre wandernde Pflanze zu geben.

»Ich wollte Frau Berghof eine Freude machen«, sagte ich.

»Indem du ihr meine Pflanzen schenkst?«

»Sie liebt dieses Herz-Dingsbums.«

»Ja und ich liebe ihre Terrassenmöbel. Trotzdem schleppe ich sie nicht zu mir rüber.« Dann rief sie mir schnell warnend zu: »Komm bloß nicht auf Ideen, Luna!«

»Nein, keine Sorge«, versicherte ich ihr sofort.

Mein Vater fühlte sich immer schlechter. Er öffnete bereits den Mund.

Um ihn zum Schweigen zu bringen, deutete ich auf ihn und sagte zu meiner Mutter: »Er hat nichts damit zu tun!«

Aber er ließ sich nicht bremsen. »Na ja, womöglich doch«, sagte er.

Zu spät, meine Mutter war hellhörig geworden. Sie heftete ihren Blick auf meinen Vater und er legte ein volles Geständnis ab. Inklusive der Angabe, dass er mir fünfzig Euro gegeben hatte, um neue Blumen zu besorgen. Toll. Jetzt war ich wieder an der Reihe. Der strenge Blick meiner Mutter traf mich postwendend.

»Ja, also das mit dem Geld war so: Ich hab es nicht für Blumen verwendet, weil ich davon eine Putzfrau bezahlen wollte …«, begann ich, ohne zu wissen, wie es weitergehen sollte. Dass ich die fünfzig Euro dann doch nicht für Irina ausgeben musste, ließ ich weg. Ich dachte, das würde die ganze Angelegenheit verkomplizieren, wenn wieder Frau Berghofs Name fallen würde. Und außerdem, wer weiß, wofür wir das Geld noch brauchen würden. Leider fragte meine Mutter dann nach, seit wann Pias Mam eine Putzfrau hatte und wieso wir sie bezahlten.

Und dann erzählte ich genau das, worum Pia mich gebeten hatte, es nicht zu tun. Au weia. Von wegen mein Vater war die Schwachstelle.

Aber etwas Gutes hatte es dann doch: Meine Mutter schimpfte nicht. Weder mit mir noch mit meinem Vater. Sie schüttelte nur den Kopf und seufzte: »Irgendwie hab ich das Gefühl, ich ziehe hier *drei* Kinder groß.« Wenn man nachrechnete war klar, dass mein Vater das *dritte Kind* war.

»Soll ich mal mit Pias Mutter reden?«, bot sie dann an.

»Nein, bloß nicht! Ich denke, wir sollten uns da nicht einmischen.«

Das trug mir einen sehr verwunderten Blick ein. Meine Mutter lachte sogar: »Das ist ja mal was ganz Neues: Luna mischt sich *nicht* ein!«

Na ja, ich hatte eher gemeint, dass *sie* sich nicht einmischen sollte, aber egal, wenn es sie erheiterte, war ja gut. Dann war sie wenigstens nicht mehr sauer.

»Also sprich Pias Mam bitte nicht drauf an, die ganze Sache ist ihr superpeinlich.«

»Muss ihr doch nicht peinlich sein! Ich finde es gut, wenn Kinder mal im Haushalt helfen und einen Überblick bekommen, wie viel Arbeit es ist. Also du und Paul … ihr könntet euch auch mal ein wenig nützlich machen.«

»Nein!«, rief mein Vater sofort. »Bitte nicht.«

Meine Mutter stockte. »Wieso nicht?«

»Wenn die zwei mir helfen, wird das bloß mehr Arbeit für mich.«

Sehr schnell nickte meine Mutter verständnisvoll. Ein wenig länger hätte sie anstandshalber darüber nachdenken können, schließlich stand ich ja daneben und musste das alles anhören.

Dann drehte sie sich zu mir um und machte ein strenges Gesicht: »Mein *Tränendes Herz* will ich aber trotzdem wiederhaben!«

»Ähm, muss es genau das sein? Kann ich vielleicht auch eine neue Pflanze besorgen?«

Sie überlegte. »Ist mir egal. Aber nicht, dass du sie irgendwo ausgräbst. Ich will eine legal erworbene Pflanze.«

»Legal erworben …?«

»Offiziell gekauft«, übersetzte sie für mich. »Keine krummen Sachen.«

»Ach so. Klar!« Kurz überlegte ich, ob ich nach Geld fragen sollte, denn sie musste ja davon ausgehen, dass die fünfzig Euro weg waren. Aber ich wusste, dass sie aus pädagogischen Gründen vorschlagen würde, ich solle es von meinem Taschengeld zahlen, damit ich lerne, die Folgen meines Handelns vorher zu durchdenken. So was sagt sie ständig, und es macht ja auch Sinn, aber in meinem Leben passieren Dinge so schnell, dass man nicht nachdenken kann, sondern gleich handeln muss.

Ich schrieb *Tränendes Herz kaufen* auf Pias und meine To-do-Liste. Meine Recherchen hatten ergeben, dass es mich etwa 15 Euro kosten würde. Es sei denn, meine Mutter wäre bereit, mit einer kleinen Pflanze vorliebzunehmen, die man erst wieder großziehen müsste. Aber das wollte ich sie nicht fragen, ich ging mal davon aus, dass sie so aussehen sollte, wie die, die jetzt Frau Berghofs Garten zierte. Also, eben wie ihre alte Pflanze.

Pia hatte versprochen, mich sofort anzurufen, wenn ihre Mutter von Frau Berghof zurückgekommen war, um zu berichten. Sehr nervös saß ich in meinem Zimmer vor dem Handy. Endlich klingelte es.

Ich ging dran. »Und?«, fragte ich gespannt.

»Und was?«, fragte eine Jungsstimme.

Es war Konstantin von der Schülerzeitung. »Du warst heute nicht bei der Redaktionssitzung!«, sagte er vorwurfsvoll.

»Im Ernst?«

»Was soll dann das? Wieso tust du so verwundert? Du weißt doch, dass du nicht da warst.«

»Ähm, also, das bezog sich darauf, dass heute das Treffen war. Darüber hab ich mich gewundert.«

»Wenn du fertig bist mit Wundern, hätte ich gern deine Reportage.«

»Welche Reportage?« Als ich es ausgesprochen hatte, fiel es mir natürlich sofort siedend heiß ein. Der Bericht über die Freizeitaktivitäten von Schülern. Mit Fotos. In dem ganzen Haushaltsstress hatte ich das natürlich völlig vergessen. Ich musste Paul dringend fragen, wie weit er damit war.

Konstantin war wieder nicht erfreut über meine Frage. »Sag mal, was ist los mit dir? Wie viele Reportagen machst du denn? Oder hast du es etwa doch vergessen?«

»Selbstverständlich nicht!«, log ich.

»Gut. Morgen ist Abgabetermin.«

Er legte auf. Ich jaulte. Oh Mann! Auch das noch. Hoffentlich war Paul fleißig gewesen. Sofort lief ich in sein Zimmer.

»Wie weit bist du mit der Reportage?«

Für einen kurzen Moment hatte er denselben Gesichtsausdruck wie ich eben, als Konstantin mich gefragt hatte.

»Du hast es vergessen?«

»Quatsch!« Er log genauso gut wie ich.

»Bis wann brauchst du es?«, erkundigte er sich.

»Bis morgen.«

»Kein Problem!«, winkte er lässig ab.

»Na hoffentlich«, sagte ich und wollte wieder gehen. Ob es ein Fehler war, Paul und Nils diese Aufgabe zu überlassen?

»Hör mal«, rief er mir hinterher. »Wenn das ein Eilauftrag ist, dann kostet es mehr als zehn Euro.«

Ich drehte mich empört um.

»Das war kein Eilauftrag, du hattest genug Zeit.«

Er schluckte kurz, dann nickte er schnell. »Ach so, ja klar.«

»Hach! Also hast du es noch nicht gemacht?«

»Reg dich nicht auf. Ich hab doch bis morgen Zeit«, meinte er ganz ungerührt.

Eigentlich wollte ich mich aufregen, aber das hätte vielleicht zur Folge gehabt, dass ich es dann selbst machen müsste. Damit Paul auch anständige Arbeit leistete und nicht irgendwelchen Blödsinn abgab, teilte ich ihm streng mit: »Und nur damit du es weißt: *Dein* Name steht unter dem Artikel!«

Doch für Paul war das keine Drohung, er strahlte. »Cool! Ich schreibe für die Schülerzeitung.«

Ich stutzte. Er leistete keinen Widerstand? Na gut. Moment mal, das war ja noch besser! Morgen würde ich mit Paul zu Konstantin gehen, die Umstände erklären und ihm seinen neuen Mitarbeiter vorstellen. Dann war ich komplett aus der Sache raus.

Als ich wieder in mein Zimmer kam, sah ich auf meinem Handy, dass Pia mehrfach versucht hatte mich zu erreichen. Ich rief zurück. Diesmal kam ich mit meinem ins Telefon gerufenen »Und?« durch.

»Alles bestens! Meine Mutter kann ihren Job behalten, Frau Berghof und sie haben ein System ausgearbeitet, wie das in Zukunft mit unserem Haushalt geregelt werden soll.«

»Frau Berghof und deine Mutter – soso«, meinte ich etwas gekränkt. »Wir beide hatten das im Griff.«

»Luna, jetzt sei nicht beleidigt. Der neue Plan ist viel besser. Irina kommt ab jetzt zum Putzen. Wenn meine Mutter den Ganztagsjob behält, verdient sie mehr Geld, da kann sie sich das leisten. Und sie übernimmt die Wäsche.« Pia kicherte. »Es wird ihr wohl auf Dauer zu teuer, immer neue Sachen zu kaufen, wenn ich weiterhin die Waschmaschine bediene.«

»Hast du ihr etwa den Hamster-Pulli gezeigt?«

»Ja.«

»Und? War sie sauer?«

»Nein, sie hat gelacht. Aber sie meinte, ich soll jetzt bloß nicht auf die Idee kommen, mir einen Hamster anzuschaffen, damit ich Verwendung für den Pulli habe. Sie sagte, so was passiert mal.«

»Also musst du jetzt gar nichts mehr im Haushalt tun?«

»Doch. Aufräumen, ist ja aber meist eh mein Kram, der rumliegt, einkaufen gehen und von Zeit zu Zeit kochen.«

»Das klingt leicht.«

»Ja. Frau Berghof hat allerdings angeordnet, dass ich weiterhin das Haushaltsgeld verwalten soll. Damit ich den Umgang mit Geld lerne. Allerdings muss ich jetzt genau Buch führen.«

»Was heißt das?«

»Ich muss aufschreiben, wofür ich was ausgebe, wenn ich es vom Haushaltsgeld nehme. Meine Mutter war nämlich etwas erschüttert, was ich mit ihrem Haushaltsgeld alles angestellt hab. Das mit den staubfressenden Pflanzen zum Beispiel, oder dass ich Paul dafür bezahle, für uns Dinge zu erledigen, fand sie nicht gut. Sie sagt, damit sei jetzt Schluss. Wenn ich einkaufe, muss ich ihr vorher den Einkaufszettel vorlegen und sie kontrolliert ihn. Ich glaube, um Unfälle wie das Käse-Sonderangebot zu verhindern.«

»Hm.«

»Das sind doch gute Nachrichten, Luna! Du klingst enttäuscht.«

»Nein, alles gut. Es ist nur … was machen wir denn jetzt mit der vielen freien Zeit?«

Kapitel acht

Pia und ich gingen frühmorgens mit Paul zusammen zur Schule. Ich wollte noch vor der ersten Stunde zu Konstantin und die Sachlage erklären.

»Hast du die Reportage?«, fragte ich Paul.

»Ja.«

»Zeig mal.«

Paul hob einen USB-Stick in die Höhe.

»Ich wollte sie vorher lesen.«

»Wozu?«

Richtig, wozu eigentlich? War ja nicht mehr meine Baustelle. Konstantin wollte einen Beitrag und den bekam er.

Auf dem Schulhof trafen wir Nils, gemeinsam machten wir uns auf die Suche nach Konstantin.

Ich entdeckte Philip, der das Layout der Zeitung machte und Konstantins Stellvertreter war.

»Wo ist Konstantin?«

»Der ist krank.«

»Aber ich muss noch was mit ihm klären.«

»Ich weiß Bescheid. Die Zeitung ist so weit fertig, nur dein Beitrag fehlt noch. Sie geht heute online.«

»Ja, ähm, also, das ist folgendermaßen: Paul und Nils haben die Reportage geschrieben.«

Die Jungs kannten sich, sie waren im selben Jahrgang. Misstrauisch betrachtete Philip Paul und Nils. Dann wandte er sich wieder an mich.

»Die zwei Chaoten? Ich dachte, du machst das?«

»Planänderung.«

»Weiß Konstantin Bescheid?«

Ich überlegte. »Er hat mich gestern Abend angerufen und ich hab versprochen, die Reportage heute abzuliefern.« Das war nicht gelogen.

Philip zuckte mit den Schultern und meinte zu Paul: »Schick's mir als PDF.«

Paul gab ihm den Stick. »Ist alles hier drauf.«

Als ich nachmittags in meinem Zimmer saß, rief mich Konstantin an. Wütend. Sehr wütend. Auch sehr krächzend. Zunächst verstand ich gar nicht, was er wollte. Es klang aber so, als würde er mich beschimpfen.

»Kannst du mir mal sagen, worum es geht?«, erkundigte ich mich vorsichtig.

»Um den Artikel über die Freizeitaktivitäten!«

»Den hab ich nicht geschrieben.«

»Ja, eben!«

»Wo ist denn jetzt das Problem?«

»Wir sind keine Satire-Zeitung!«

Das Wort *Satire* würde ich mal googeln müssen, aber es klang nicht gut.

»Wieso hast du denn dann den Beitrag reingenommen?«

»Weil ich davon ausgegangen bin, dass du ihn schreibst und er im selben Stil ist, wie deine letzte Reportage über den Förderunterricht. Ich war beim Arzt, ich hab ihn nicht vorher lesen können. Der muss wieder raus! Ich kann Philip aber nicht erreichen.«

Inzwischen hatte ich nachgesehen, was Satire bedeutet, nämlich Spottschrift. Satire macht sich über etwas lustig und prangert es an. Hm.

»Warte mal, ich schau's mir gleich an«, sagte ich zu Konstantin.

Schnell rief ich die Seite mit unserer Schülerzeitung auf.

Unter der Überschrift: »Freizeitaktivitäten von Schülern« war zunächst einmal eine Fotostrecke über eine ganze Seite zu sehen, auf der man Kinder und Jugendliche sah, die schliefen. Und zwar an eher unpassenden Orten. In Klassenzimmern, im Bus, auf Parkbänken und so weiter. Als Kommentar stand darüber: »Die heutige Jugend legt sehr viel Wert auf Entspannung, auch Chillen genannt.«

Die Fotos auf der nächsten Seite waren überschrieben mit: »Sportliche Wettkämpfe stehen hoch im Kurs.« Auf einigen Fotos sah man Teenager, die verkrampft und angespannt mit PC-Spielen beschäftigt waren. Auf anderen, wie sie ein Fußballspiel im Fernsehen verfolgen.

Die dritte Seite zeigte dicke Kinder, die sich genüsslich in Fast-Food-Restaurants, Döner-Buden und Imbiss-Ständen den Mund vollstopften. Überschrift: »Regelmäßige Nahrungsaufnahme ist nach wie vor die beliebteste Freizeitaktivität.«

Ich musste lachen. Leider laut, was Konstantin nicht freute.

»Du bist gefeuert«, krächzte er, so gut er konnte, durchs Telefon.

Na, das war doch mal eine gute Nachricht!

Ich sah mir die Leser-Kommentare auf der neuen Facebook-Seite der Schülerzeitung an. Die waren durchweg positiv, alle fanden es superlustig.

»Aber vielleicht solltest du Paul und Nils engagieren. Wirf mal einen Blick auf die Kommentare. So viel Beifall gab es bisher noch nie für deine Zeitung.«

Konstantin schwieg, wahrscheinlich überprüfte er das gerade.

Ich suchte nach passenden Abschlussworten. »Du musst dich nicht für meine Hilfe bedanken, hab ich gern gemacht.« Dann legte ich auf.

Konstantin sollte wirklich zufrieden sein. Mein Einsatz hatte sich gelohnt. Zwar hatte ich nur vorgehabt, mir selbst zu helfen, aber das Ergebnis war für alle Beteiligten von Vorteil.

Auch unsere Hilfsaktion für Pias Mutter hatte ein gutes Ende gefunden, sie konnte ihren Job behalten. Ich musste zugeben, dass Frau Berghofs Einmischung doch nicht so schlecht war, und der Plan, den sie mit Pias Mutter zusammen aufgestellt hatte, war prima. Endlich hatten wir wieder Zeit. Na ja, sagen wir, etwas mehr Zeit als bisher, denn wir mussten ja immer noch einkaufen gehen. Aber das war kein Vergleich zu den bisherigen Aufgaben.

Damit Pias Haus so lange wie möglich sauber und aufgeräumt bleiben würde, hatten wir entschieden, uns dort so wenig wie möglich aufzuhalten. Also verbrachten wir die meiste Zeit jetzt bei mir – vor allem zu den Mahlzeiten.

Dass wir mit dem Haushaltsgeld so verschwenderisch umgegangen waren, wollten wir wiedergutmachen und sparen. Pia sollte Putzmittel einkaufen.

Wir waren nach der Schule im Supermarkt, hatten dann aber erst mal nichts gekauft, weil dieses Reinigungszeug ziemlich teuer ist.

»Lass uns über eine andere Möglichkeit nachdenken«, schlug ich Pia beim Mittagessen bei uns zu Hause vor.

»Nicht putzen? Oder Wasser und Seife nehmen?«

»Vielleicht kann man so was ja auch selbst zusammenmischen oder so.«

Ich wandte mich an Paul. »Hey, du experimentierst doch gern. Kannst du Putzmittel herstellen?«

»Kein Problem. Was zahlst du?«

»Kannst du nicht ein Mal etwas für andere tun, ohne Geld dafür zu verlangen?«, schimpfte ich.

Er grinste. »Ist so was wie ein Reflex, kann ich nicht abstellen.«

Mein Vater schaltete sich ein, auch er war über den Geschäftssinn seines Sohnes nicht wirklich erfreut.

»Das ist alles gar nicht nötig. Ich hab mal einen Artikel darüber geschrieben, wie man mit einfachen Hausmitteln sehr günstig und vor allem umweltschonend Reinigungsmittel selbst herstellen kann. Essig und Zitrone sind zum Beispiel prima geeignet.«

Paul sah ihn böse an. »Jetzt hast du mir das Geschäft verdorben!«

Mein Vater nickte ungerührt und fügte hinzu: »Und verhindert, dass du uns mit chemischen Experimenten das Haus in die Luft jagst.«

Ich sagte: »Das klingt gut …«

Mein Vater unterbrach mich. »Dass Paul das Haus in die Luft jagt?«

»Nein! Das mit den umweltschonenden billigen Putzmitteln. Kannst du mir den Artikel geben?«

»Klar. Gern.«

Paul blickte meinen Vater noch eine Weile verärgert an. »Ich hätte sowieso keine Zeit dafür. Nils und ich müssen nämlich eine Reportage für die nächste Ausgabe der Schülerzeitung schreiben.«

Mein Vater strahlte. »Sieh mal an, mein Sohn tritt in meine Fußstapfen.« Dann blickte er mich unsicher an: »Stimmt das?«

Ich nickte. Paul und Nils waren die neuesten Stars der Schule, denn die Mehrheit fand ihre Reportage extrem witzig. Sogar einige Lehrer lobten die beiden für ihren »gesellschaftskritischen« Beitrag. Mit diesem Lob konnten die zwei zwar nichts anfangen, sie hatten einfach nur Spaß daran gehabt, sich lustig zu machen und die Schülerzeitung aufzumischen. Eigentlich wollten sie nur frech sein. Aber der neu erworbene Ruhm stachelte sie wohl an, nach weiteren Missständen zu suchen und darüber zu schreiben.

Dann fiel mir etwas ein. »Sag mal, Papa, was weißt du eigentlich über Frau Berghof?«

Er war erstaunt über die Frage. »Außer, dass sie sehr empfindlich ist, wenn man sich in ihrem Garten aufhält, und sich aufregt, wenn man aus Versehen auf ihre Pflanzen tritt? Nichts. Wieso?«

»Ich brauche Infos über sie. Wusstest du, dass sie einen Sohn hat? Und zwei Enkelsöhne? Und ich glaube, sie haben sich zerstritten und reden nicht mehr miteinander.«

»Ach was!«, meinte er. Dann murmelte er: »Kann ich mir leicht vorstellen.«

»Wie heißen die Jungs denn?«, fragte Paul.

»Keine Ahnung.«

»Wie alt sind sie?«

»Weiß ich auch nicht.«

Ich wunderte mich, dass Paul sich dafür interessierte.

»Wieso fragst du?«

»Du hast doch gefragt.«

»Ja, aber du hast zurückgefragt und es klang so, als wüsstest du was.«

Paul reagierte nicht, ich sah ihn eindringlich an. »Also?«

»Na ja, bei uns im Ruderverein sind zwei Berghof-Brüder. Der eine ist ein Jahr älter als ich, der andere zwei Jahre.«

»Ob das ihre Enkelsöhne sind?«

»Keine Ahnung.«

»Was meinst du, Pia?«

»Weiß nicht.«

Ich war superaufgeregt und ärgerte mich etwas, dass keiner in meine Aufregung einstimmte.

»Na, irgendeine Meinung musst du doch wohl dazu haben!«, flehte ich.

Pia überlegte: »Na ja, wenn Frau Berghofs Sohn sogar hier in der Nähe wohnt und sie nicht mehr mit ihm spricht, da muss sie ja echt sauer auf ihn sein.«

»Oder er auf sie.« Denn ich war immer noch davon überzeugt, dass es Frau Berghofs Schuld war, dass sie sich zerstritten hatten.

Ich wandte mich wieder an Paul. »Kannst du was über sie rausfinden?«

»Ja, ich rechne bereits …«, sagte er grinsend.

Genervt wandte ich mich an meinen Vater. »Er will schon wieder Geld!«

Mein Vater setzte ein strenges Gesicht auf. »Paul!«

»Schon gut«, murrte der.

Mir war natürlich klar, dass er mir später den Preis für Informationen nennen würde.

Beim Tischabräumen sagte ich leise zu Pia: »Wir haben ja noch die fünfzig Euro, von denen wir die Blumen kaufen sollten. Wir könnten Paul bezahlen …«

»Lass uns mal sparsamer sein. Wir müssen doch noch eine neue Pflanze für deine Mutter kaufen. Wieso gehen wir nicht einfach in den Ruderclub? Dann können wir das selbst rausfinden«, schlug Pia vor.

Ich strahlte sie an. »Du bist genial!«

Als Paul mich später allein erwischte, gab er mir einen Zettel. »Hier ist meine Preistabelle. Hab notiert, welche Infos dich wie viel kosten.«

Ich warf ihm einen mitleidigen Blick zu, sah mir die Tabelle aber dennoch an.

Info, ob es sich um die Enkel handelt: 2 Euro – Adresse: 3 Euro – Grund für den Streit: 10 Euro

»Zehn Euro? Geht's noch?«

»Na hör mal, das ist sehr aufwendig, dafür müssen Nils und ich uns mit den beiden anfreunden.«

Ich zerknüllte den Zettel und meinte kühl: »Danke, aber Pia und ich kümmern uns da selbst drum.«

Kapitel neun

Das mit den Reinigungsmitteln, die wir selbst herstellen wollten, war nicht so spannend, wie ich gedacht hatte. Ich hatte vor Augen, dass wir Tränke brauen, Pülverchen mischen, also mehr so einen Zaubertrank herstellen würden. Aber eigentlich lief alles auf Essig hinaus. Essig war das Wundermittel. Ich war zwar etwas enttäuscht, aber eine Sache war wirklich gut: Es war das billigste Reinigungsmittel, das man finden konnte. Man konnte mit Essig Fenster reinigen, Waschmaschinen entkalken, Flecken entfernen, Schimmel bekämpfen, verstopfte Abflüsse freikriegen, Werkzeuge entrosten und Chrom polieren, Kalk auf Armaturen beseitigen, Keime abtöten und natürlich putzen, putzen, putzen. Böden, Fliesen, alle abwaschbaren Flächen.

Pia und ich beschlossen, das mit dem Essigreiniger gleich mal auszuprobieren. Es war eine Heidenarbeit, aber es funktionierte.

»Ach Mist!«, rief sie, als wir fertig waren. »Jetzt haben wir geputzt!«

»Ja und?«, fragte ich.

»Das ist gar nicht unsere Aufgabe. Irina kommt doch jetzt zum Putzen!«

»Oh. Meinst du, sie merkt es und ist sauer?«

»Nein, darum geht es doch nicht. Wir haben uns die Arbeit umsonst gemacht.« Sie schnüffelte in der Luft herum. »Und ehrlich gesagt, finde ich das mit dem Essig nicht gut. Das ganze Haus stinkt fürchterlich.«

Da musste ich ihr recht geben, ich mochte den Geruch auch nicht besonders.

»Sollen wir Raumspray kaufen gehen und alles damit einsprühen?«

Doch bei weiterem Nachdenken kam uns das dann wie Geldverschwendung und Umweltverschmutzung vor. Nun hatten wir was vorbildlich Umweltschonendes produziert, das wollten wir nicht wieder kaputt machen.

»Vielleicht gibt es ja irgendein *natürliches* Hausmittel gegen schlechten Geruch«, überlegte Pia.

Ich suchte mit meinem Handy danach.

»Lavendel! Ist auch so ein Wundermittel, vertreibt Motten, desinfiziert, beruhigt, aber vor allem: Es riecht gut. Habt ihr Lavendel im Garten?«

»Nein. Aber Frau Berghof.«

Wir waren kurz in Versuchung, die Lavendelbüsche von Frau Berghof zu plündern, aber dann siegte die Vernunft.

»Da stand, wenn man keinen frischen Lavendel hat, kann man auch Lavendelöl benutzen. Kriegt man in der Apotheke.«

Das war nun zwar wieder mit einer Geldausgabe verbunden, aber der penetrante Essiggeruch trieb uns sowieso aus dem Haus. Das Lavendelöl in der Apotheke war leider superteuer. Das lag daran, dass es echtes, reines Lavendelöl war. Pia erinnerte sich daran, dass es im Einkaufszentrum einen kleinen Laden gab, der Duftöle verkaufte, die wesentlich billiger waren.

»Lass uns dort mal nachfragen, ob sie Lavendel haben«, schlug sie vor.

Also gingen wir zum Einkaufszentrum.

Vor der großen automatischen Drehtür am Eingang stand eine ältere Dame und wirkte etwas verloren. Ich dachte, sie wüsste nicht, wie die Tür funktionierte, und sprach sie an.

»Kann ich Ihnen helfen?«

Sie musterte erst mich, dann Pia, dann hatte sie wohl beschlossen, dass wir vertrauenswürdig genug waren, und antwortete. »Ich muss in die Apotheke, aber hier drin sind keine Hunde erlaubt.« Sie deutete auf ein Schild neben der Tür. Dann deutete sie auf ihren Hund. Ein winzig kleiner Kerl, ich glaube ein Yorkshire Terrier.

»Es wäre tatsächlich sehr nett, wenn ihr beide mal kurz auf meinen Hund aufpassen könntet.«

»Klar, kein Problem.«

Sie war ein wenig verschusselt, das merkte ich daran, dass sie mir statt der Hundeleine ihre Tasche in die Hand drückte. Fragend hielt ich die Handtasche ein wenig in die

Höhe und hoffte, dass sie ihr Versehen selbst bemerken würde.

Da schimpfte sie auch schon los: »Was machst du denn mit meiner Handtasche? Du solltest doch die Leine halten.« Empört riss sie mir ihre Tasche wieder aus der Hand. Ich blieb superfreundlich.

»'tschuldigung, mein Fehler«, sagte ich und griff nach der Leine.

»Ich komme in fünf Minuten wieder. Bleibt brav hier stehen.« Nun betrachtete sie unschlüssig die Drehtür, die sich ununterbrochen bewegte. Ohne zu zögern ging Pia zu ihr, half ihr, den richtigen Zeitpunkt abzupassen, durch die Tür zu treten, und führte sie auf der anderen Seite wieder raus. Dann kam Pia zu mir und wir warteten.

Doch die Frau kehrte nicht zurück. Auch nach einer halben Stunde nicht.

»Was machen wir denn jetzt?«

»Gehen wir nachsehen. In der Apotheke.«

Ich nahm den kleinen Hund unter den Arm und wir betraten das Einkaufszentrum. In der Apotheke erinnerte man sich an die Frau, weil sie nämlich Briefmarken verlangte.

»Hier bei Ihnen?«, fragte ich.

Die Apothekerin lächelte. »Sie war etwas durcheinander und ist dann recht schnell wieder gegangen. Aber sie hat eine Bekannte hier getroffen, und soweit ich das mitbekommen habe, wollte die mit ihr zur Post und dann noch einen Kaffee trinken gehen.«

Ich hob den Hund in die Höhe.

»Ich sollte auf ihren Hund aufpassen. Sie wollte in fünf Minuten wiederkommen, ist sie aber nicht.«

»Oje«, seufzte die Apothekerin. »Schau doch mal in den Cafés nach, vielleicht sitzt sie ja noch dort.«

Es blieb mir wohl nichts anderes übrig. Seufzend verließen wir die Apotheke.

»Hör mal, während du die Cafés checkst, schau ich nach dem Lavendelöl«, schlug Pia vor.

Ich nickte, sie ging.

Suchend blickte ich mich um. Es gab drei Cafés hier. Wo würde ich starten? Bevor ich mich entschieden hatte, wurde ich von einem Sicherheitsmann angesprochen.

»Du kannst deinen Hund nicht mit hier reinbringen.«

»Das ist nicht mein Hund.«

»Egal wem der Hund gehört, bitte geh mit ihm raus.«

»Mach ich, aber kann ich vorher noch sein Frauchen suchen?«

»Kannst du gern machen, aber bitte draußen.«

»Draußen hilft nicht viel, sie ist hier drin.«

Er ließ nicht mit sich verhandeln.

Trotzdem versuchte ich es erneut. »Ich trage ihn doch, er berührt nicht einmal den Boden.«

»Vorschrift«, sagte er nur noch und wies energisch mit dem Finger auf den Ausgang.

Verärgert trottete ich auf den Ausgang zu, er beobachtete mich noch eine Weile, dann wurde er abgelenkt. Ich überlegte kurz, setzte den Hund ab, wickelte ihn in meine Jacke und nahm ihn wieder auf den Arm. So, nun war er unsichtbar geworden. Es sah aus, als würde ich meine zusammengeknüllte Jacke unter dem Arm spazieren tragen. Ich zog sicherheitshalber noch den Kragen über den Kopf des Hundes, ließ ihm jedoch genug Freiraum, dass er freie Sicht nach unten auf den Boden hatte. Er reklamierte nicht, es schien ihm sogar zu gefallen. Dann machte ich mich auf die Suche.

Ich wollte gerade zum ersten Café gehen, als ich meine alte Dame entdeckte. Sie verabschiedete sich von einer Frau und tippelte dann auf ein Schuhgeschäft zu. Ich rannte zu ihr.

»Hallo!«, sagte ich etwas atemlos. Sie erkannte mich wohl nicht, denn sie schaute mich sehr verwundert an, antwortete aber dennoch ebenfalls mit »Hallo«.

Meine Jacke bellte. Also der Hund natürlich. Aber den sah man erst, als ich die Jacke aufschlug und ihr den Hund präsentierte.

Sie lächelte. »Das ist aber ein süßer Hund. Der sieht genau aus wie mein Foxi.«

»Das ist Ihr Foxi.«

Nun blickte sie mich empört an. »Was machst du denn mit meinem Hund?«

Ich war nicht sicher, ob es sich lohnen würde, es ihr zu erklären, ich war einfach nur froh, dass ich den Hund nun wieder loswurde. Ich nahm ihn aus der Tarnjacke, wollte ihn ihr gerade geben, als ich hörte, wie jemand rief: »Hey! Du da! Mit dem Hund!«

Ich blickte in die Richtung, aus der die Stimme kam. Murks, der Aufpasser hatte mich entdeckt. Was nun? Ich hatte nur einen Gedanken: Schnell raus hier.

Ich rannte los. Mitsamt Hund. Und hörte, wie die Dame kreischte: »Haltet sie, sie hat meinen Hund gestohlen.«

Ich war schon draußen, als mich der Sicherheitsmann am Arm festhielt.

»Hab ich dich!«, japste er.

Er musste gar nicht so stolz tun, ich war ja stehen geblieben. Da war es keine Kunst, mich einzufangen.

»Ich bin nicht mehr mit dem Hund im Einkaufszentrum«, sagte ich, weil ich das für das Problem hielt.

»Das weiß ich selbst, aber die alte Dame hat gesagt, du hättest ihr den Hund gestohlen.«

»Das ist Unsinn. Ich wollte nur helfen. Sie hat mich gebeten, auf ihn aufzupassen.«

Nun war auch die alte Dame draußen angekommen. Sie hatte wieder Schwierigkeiten mit der automatischen Drehtür gehabt. Sofort steuerte sie auf mich zu und schimpfte: »Diebin!« Sie wollte den Vorwurf wohl steigern, denn dann rief sie: »Hundediebin!«

Ich war nun wirklich empört. »Sie haben mich gebeten, auf ihn aufzupassen! Ich sollte hier draußen auf Sie warten, bis sie von der Apotheke zurückkommen!«

Ich sah den Sicherheitsmann an, deutete auf die Frau

und teilte ihm mit: »Sie wollte in der Apotheke Briefmarken kaufen!«

Er reagierte nicht. Ich fuhr fort: »Und dann kam sie nicht wieder. Sie war Kaffee trinken und ich hab sie erwischt, als sie auch noch in ein Schuhgeschäft gehen wollte.«

Da er immer noch kein erhelltes Gesicht machte, fügte ich hinzu: »Das ist unfair. Sie hat gesagt, sie kommt in fünf Minuten wieder. Und das war vor fast einer Stunde. Was sollte ich denn tun?«

Er nahm mir den Hund aus den Armen und funkelte mich böse an.

Genau in diesem Moment kam Pia aus dem Einkaufszentrum. Sie sah mich mit dem Sicherheitsmann und der alten Dame, machte ein erschrockenes Gesicht und eilte zu uns.

Ich freute mich, dass sie da war und mich unterstützen konnte, doch leider fragte sie mich als Erstes: »Was hast du angestellt?«

Ich war etwas empört. Wieso sollte ich etwas angestellt haben? »Nichts! Das ist ein Missverständnis!« Ich deutete auf den Mann. »Er glaubt, ich hab den Hund geklaut.«

Pia schien erleichtert und zeigte nun endlich Freundinnenqualität. Sie drehte sich zu dem Mann und sagte streng: »Luna hat nichts getan, sie wollte nur helfen!«

Pias schlichter Aussage schenkte er offensichtlich mehr Glauben als meinen ausführlichen Erklärungen. Er wandte sich an die Frau. »Stimmt das?«

Die Dame betrachtete den Mann, sah ihren Foxi auf seinem Arm und schimpfte nun auf ihn ein: »Sie sind der Hundedieb! Das Mädchen ist unschuldig!«

Energisch nahm sie ihm den Hund aus den Armen und setzte Foxi auf den Boden. Dann drehte sie sich wieder zu dem Sicherheitsmann um und hielt ihm lächelnd die Leine hin. »Könnten Sie vielleicht auf meinen Hund aufpassen? Ich will nur schnell in die Apotheke. Ich bin in fünf Minuten zurück.«

Nun fing er an zu begreifen, womit er es zu tun hatte.

»Okay«, meinte er nur und kratzte sich am Kopf. »Was machen wir denn jetzt?« Er sah sich um und wandte sich freundlich an die Dame. »Ja, ich kümmere mich gleich, aber warum nehmen Sie nicht erst mal Platz?« Er führte sie zu einer Bank, gab mir einen Wink mit dem Kopf, mitzukommen und flüsterte: »Setz dich zu ihr und pass auf, dass sie nicht wegläuft.«

Unauffällig nahm der Mann ihre Tasche an sich. Ich sah ihn empört an, aber er raunte: »Ich such bloß nach den Personalien.«

Er fand wohl etwas, nahm sein Handy und ging außer Hörweite. Die Dame führte währenddessen ein ernstes Gespräch mit Foxi und teilte ihm mit, dass es nicht sehr nett von ihm wäre, dauernd fortzulaufen.

Als der Mann zurückkam, stellte er die Tasche wieder hin. Dann sagte er zu der Frau: »Ich hab eben mit Ihrer Tochter telefoniert. Die hat sich schon Sorgen um Sie gemacht, weil

Sie einfach von zu Hause weggelaufen sind. Und um Foxi, den Hund der Kinder, der war nämlich auch weg.«

»Welche Tochter?«

»Die, bei der Sie wohnen. Sie wird gleich kommen und Sie abholen.«

»Gut, dann kann die ja auf meinen Foxi aufpassen, ich muss nämlich in die Apotheke.«

Er nickte und sah mich bittend an. »Kannst du solange hierbleiben?«

Ich war misstrauisch. »Kommt die Tochter auch bestimmt? Denn ehrlich gesagt, ich bin heute schon mal reingefallen. Das mit dem Hund war schwierig genug, aber …«, ich beugte mich zu ihm und flüsterte, »wenn ich dann auch noch die alte Dame an der Backe habe, also, eins sag ich Ihnen, ich kann hier nicht ewig warten. Ich nehm die beiden dann einfach mit nach Hause.«

Pia unterstützte mich, indem sie sagte: »Wir müssen dringend nach Hause.«

Er überlegte kurz. »Ich geh rein, sag meinem Kollegen Bescheid, dann komme ich gleich wieder und löse dich ab.«

Er ging. Pia und ich nahmen rechts und links neben der Dame Platz, damit sie nicht ausbüxen konnte.

»Anderen zu helfen kann manchmal ziemlich anstrengend sein«, seufzte ich.

Pia grinste. »Vielleicht solltest du dir doch ein anderes Hobby suchen.«

Bevor ich darüber nachdenken konnte, kam der Mann wieder und löste uns ab.

Auf dem Heimweg fragte ich Pia: »Hast du das Lavendelöl?«

»Ja und nein.«

»Was heißt das?«

»Kein Lavendelöl, aber eine Alternative.«

»Ach?«

»Lavendelöl hatten sie nicht. Ich hab erklärt, wofür ich es brauche, und die Dame meinte, wenn wir so öko wären und mit Essig putzen, sollten wir auch kein billiges synthetisches Öl nehmen, sondern einfach ein paar Orangen kaufen, sie mit getrockneten Gewürznelken spicken und die dann in die Räume legen. Das wäre ein sehr wirkungsvoller intensiver und natürlicher Duft.«

Also noch mal zum Supermarkt, Orangen und Gewürznelken gekauft. Das kostete zwar fast so viel wie ein Fläschchen von dem echten Lavendelöl aus der Apotheke, aber mittlerweile wollten wir einfach nur noch unser Problem lösen.

Als wir wieder nach Hause kamen, roch es nicht mehr nach Essig. Wie kam das denn jetzt? Pia nahm den Artikel meines Vaters und sah nach. Nach einer Weile grinste sie mich an.

»Wenn du bis zu Ende gelesen hättest, hätten wir uns den Ausflug sparen können. Da steht, dass der unangenehme Essiggeruch schon bald wieder verfliegt.«

»Und was machen wir jetzt mit den Orangen?«

»Orangensaft?«

»Oder wir probieren es trotzdem aus. Gegen einen guten Geruch ist ja nichts einzuwenden.«

Wir bohrten die Gewürznelken in die Orangen, bis sie aussahen wie Igel. Die Frau hatte nicht zu viel versprochen, es roch supergut. Nach Weihnachten. Zwar unpassend für die Jahreszeit, aber es duftete wirklich toll. Ich konnte gar nicht aufhören zu schnuppern.

»Jetzt hab ich Lust auf Plätzchen …«

»Wir backen jetzt keine Weihnachtsplätzchen!«, sagte Pia energisch. Dann fügte sie noch hinzu: »Und diese ganze Haushaltsnummer haken wie jetzt ein für alle Mal ab. Ist ja alles geregelt.«

»Ja. Kümmern wir uns lieber um Frau Berghof und ihr Problem.«

Kapitel zehn

Pia und ich machten uns auf den Weg zum Ruderclub. Paul und Nils hatten heute einen Klassenausflug, der den ganzen Tag dauerte, also konnten wir sicher sein, dass wir ihnen nicht im Club begegnen würden.

»Dass Paul freiwillig in einen Verein geht, wundert mich«, meinte Pia.

»Ich nehme an, meine Mutter hat das angeordnet. Sie besteht darauf, dass er Sport treibt, weil sie glaubt, in dieser Zeit kann er schon mal keinen Unsinn anstellen.«

Pia lachte. »Dafür findet Paul immer Zeit.«

Ich nickte. »Genau. Und deshalb sollten wir auf keinen Fall sagen, dass wir ihn kennen, oder schlimmer noch, dass er mein Bruder ist.«

»Ihr habt denselben Nachnamen.«

»Kann ich deinen Namen haben?«

»Klar, aber das heißt dann, dass wir Schwestern sind.«

»Also mit dir bin ich lieber verwandt als mit Paul.«

»Wer von uns beiden ist die Ältere?«

»Wir sind gleich alt.«

»Das hieße, dass wir Zwillinge sind. Das glaubt uns kein Mensch.«

»Zwillinge sehen sich ja nicht immer ähnlich. Vielleicht fragen sie auch gar nicht nach unseren Nachnamen.«

Auf dem Weg zum Ruderclub kamen wir an einer großen Gärtnerei vorbei. Eine von denen, die Außenanlagen haben und Pflanzen selbst züchten. Pia machte mich darauf aufmerksam.

»Meinst du, die haben vielleicht ein *Tränendes Herz?*«

Wir hatten in der Stadt bereits alle Blumenläden abgeklappert, aber erfolglos. *Tränendes Herz* war wohl nicht so populär.

»Ja, lass uns mal fragen.«

Der Verkäufer war sehr freundlich, gemeinsam lief er mit uns durch die Pflanzenreihen und wir fanden tatsächlich ein Exemplar, das unserer Pflanze sehr ähnlich sah. Ich war begeistert und kaufte es. Pia und ich wechselten uns mit dem Tragen ab. Erst nach einer Weile kam mir der Gedanke, dass es keine gute Idee gewesen war, bereits auf dem Hinweg die Pflanze zu kaufen. Aber das war jetzt nicht mehr zu ändern. Also schleppten wir sie mit.

»Tun wir eigentlich so, als wollten wir in den Verein eintreten?«, fragte Pia.

»Na ja, das ist wohl am schlausten. Wir können ja schlecht hingehen und sagen: Zeigen Sie uns mal die Berghof-Brüder. Und dann die beiden fragen, ob sie mit unserer Frau Berghof verwandt sind.«

»Was spricht denn dagegen, sie einfach zu fragen?«

»Vielleicht verschrecken wir sie dadurch, was weiß ich.«

Als wir beim Club ankamen, standen wir etwas unschlüssig herum. Was tun mit dem *Tränenden Herz?*

»Wir stellen es einfach hier draußen ab.«

»Und wenn es einer klaut?«

»Vielleicht kann man es irgendwie anketten, wie ein Fahrrad?«

»Hast du ein Schloss dabei?«

»Kann ich euch helfen?«, fragte ein Mann.

Ich stellte die Pflanze ab und lächelte. »Also, wir interessieren uns fürs Paddeln.«

»Dann seid ihr hier falsch.«

Bitte? Was sollte das denn?

»Ja, aber …«, begann ich, doch er unterbrach mich gleich.

»Paddeln und Rudern sind zwei völlig unterschiedliche Dinge. Die einzige Gemeinsamkeit ist, dass man sich in einem Boot auf dem Wasser fortbewegt.«

Da wir ihn verblüfft ansahen, erklärte er ausführlicher: »Beim Paddeln sitzt ihr in einem Kanu, benutzt ein Stechpaddel, beim Kajak ein Doppelpaddel, beide sind freibeweglich und ihr fahrt in Blickrichtung, also nach vorn. Beim Rudern benutzt man zwei Skulls, die an einer Dolle befestigt sind. Der Ruderer sitzt auf einem Rollsitz und bewegt sich mit dem Boot quasi rückwärts.«

Das war eine von den Erklärungen, die nicht hilft, sondern verwirrt.

»Und was von beidem machen Sie hier?«

»Es heißt Ruderclub! Also, was werden wir wohl tun?«

»Rudern!«, rief ich stolz, weil ich die Antwort wusste.

Er schien mich dafür nicht loben zu wollen, sondern sah uns immer noch abwartend an.

Daher formulierte ich unser Anliegen noch einmal korrekt: »Ähm, also, wir möchten gern rudern.«

»Dafür müsst ihr in den Verein eintreten.«

»Kostet das was?«

»Ja, zwölf Euro im Monat.«

Ich sah Pia an: Können wir uns das leisten? Pia zuckte zunächst mit den Schultern, dann nickte sie.

»Okay. Machen wir.«

»Ich würde vorschlagen, ihr schaut euch erst mal alles an, probiert es aus und überlegt euch dann noch mal, ob das wirklich etwas für euch ist.«

Was? Sahen wir nicht sportlich genug aus?

»Könnt ihr schwimmen?«, fragte er.

»Ich denke, Sie haben Boote.«

»Haha«, machte er nur. »Du bist wohl ein Spaßvogel.«

Also eigentlich hatte ich das nicht als Witz gemeint.

Ich straffte mich und sagte so überzeugend wie möglich: »Wir möchten rudern. Was müssen wir tun?«

Er sah uns eine Weile an, wahrscheinlich überlegte er, ob er uns verweigern konnte, in seinen Club einzutreten. Schließlich seufzte er. »Ihr müsst euch nicht sofort eine

Profiausrüstung zulegen, wichtig sind aber Handschuhe, damit eure Hände beim Rudern keine Blasen bekommen.«

Hm, das klang ja nach echter Anstrengung.

»Außerdem solltet ihr rutschfestes Schuhwerk tragen. Eure Kleidung sollte bequem und atmungsaktiv sein. Bei Sonne bitte unbedingt an den Sonnenschutz denken. Im Winter braucht ihr Thermohosen.«

Im Winter? So lange hatten wir nicht vor zu bleiben.

»Und ihr solltet Kleidung zum Wechseln mitbringen, im Boot kann man auch mal nass werden.«

Klang ebenfalls nicht sehr verlockend.

»Ruderboote gibt es als Einer, Zweier, Vierer und Achter. Beim Mannschaftsrudern sitzt der Schlagmann hinten im Boot, der Bugman in der Mitte und der Steuermann vorn.«

Das waren jetzt wirklich zu viele Informationen.

»Können wir vielleicht erst mal zusehen, ein bisschen rumschauen und andere Ruderer kennenlernen?«

»Das ist kein Vergnügungspark oder eine Kontaktbörse, hier wird ernsthafter Sport getrieben.«

Na, da frage ich mich doch, was Paul und Nils hier taten. Aber egal.

»Ich muss jetzt unsere Mannschaft trainieren. Kommt mit, ich seh mal, ob ich jemanden finde, der euch hier rumführt, die Technik erklärt und euch in ein Boot setzt.«

Er deutete auf unser *Tränendes Herz.*

»Was ist damit?«

Ja, gute Frage.

»Die gehört meiner Mutter.«

»Und du sollst mit ihr spazieren gehen?«

Ach, wer war hier der Witzbold?

»Nein, wir haben sie gerade gekauft. Kann ich sie irgendwo einschließen?«

»Wieso willst du eine Pflanze einschließen?«

»Damit sie nicht wegkommt.«

Er sah mich sehr verwundert an. Und schon wieder seufzte er. Dann wies er auf eine Gruppe Büsche.

»Stell sie hier zu den Büschen, dann habt ihr eine Mimese.«

Misstrauisch fragte ich: »Mimese?«

Natürlich seufzte er wieder. Aber er war so freundlich, es zu erklären: »Tarnung. Sie passt sich der Umgebung an, damit sie nicht auffällt.«

Das war eine gute Idee. Tatsächlich fiel unsere Pflanze nicht mehr auf, nachdem ich sie in das Gebüsch gezwängt hatte. Ich würde das allerdings schlicht Versteck nennen und nicht Mimi-Dings.

Er übergab uns Jan-Henrik, einem Typ, etwa drei Jahre älter als wir, der ziemlich begeistert schien, sein Wissen übers Rudern an uns weiterzugeben.

Als er jedoch anfing, uns wie ein Lehrer abzufragen, verlor ich ziemlich schnell das Interesse. Deshalb waren wir nicht hier. Pia merkte mir an, dass ich ungeduldig wurde und kurz davor war, schlicht und ergreifend nach den Berghof-Brüdern zu fragen.

Sie legte mir beruhigend die Hand auf den Arm und wandte sich an den Jungen: »Wichtig ist uns auch die Gemeinschaft und so, also das Club-Leben und ob sich die Mitglieder untereinander gut verstehen.«

»Das ist gut und alle verstehen sich«, sagte er kurz angebunden. Er wollte wohl schnell wieder zu seinem Fachvortrag zurückkehren.

»Wer ist denn alles in der Jugendabteilung?«, fragte Pia.

»Also die kann ich jetzt nicht alle aufzählen, müsst ihr nachher im Clubhaus nachgucken, da hängt die Mitgliederliste aus und die Einteilung in die Mannschaften.«

Das genügte mir als Stichwort. Ich sagte zu dem Typ: »Wir werden alles, was man über das Rudern wissen muss, im Internet nachlesen und beim nächsten Mal kommen wir vorbereitet hierher.«

Ich stand auf und gab Pia kurz einen Wink mit dem Kopf, mir zu folgen. Da der Typ mich sehr erstaunt ansah, erklärte ich: »Meine Mutter legt sehr großen Wert darauf, dass auch das Umfeld stimmt, bevor ich in einen Verein eintrete. Deshalb muss ich mir noch das Clubhaus ansehen.«

»Na gut. Ich mach dann schon mal das Boot fertig.«

Im Clubhaus suchten Pia und ich sofort die Wände ab. Tatsächlich, da hing eine Mannschaftsliste.

Die Berghof-Brüder waren aufgeführt. Elias und Jakob.

»Das müssen sie sein«, rief ich aufgeregt.

Pia studierte die Trainingszeiten. Sie seufzte. »Sieht aus, als wären die Mittwoch dran. Da trainieren die Zweier.«

»Genau wie Paul und Nils«, stöhnte ich. »Jetzt sind wir genauso weit wie vorher.«

»Was ist denn dagegen einzuwenden, dass wir am Mittwoch hingehen?«

»Paul wird irgendetwas Doofes sagen und dann ist unsere Tarnung hin.«

»Tarnung? Verkleiden wir uns?«

»Nein, die Tarnung ist, dass wir so tun, als würden wir uns fürs Paddeln interessieren.«

»Rudern!«, korrigierte mich Pia.

»Was auch immer. Paul wird dumme Sprüche reißen, wenn wir hier auftauchen, und dann ist unser Plan erledigt.«

»Der Plan war doch, die beiden kennenzulernen, der ist damit nicht in Gefahr.«

»Der Plan ist, unauffällig zu bleiben und erst mal Infos zu sammeln. Wir müssen sehr vorsichtig und geschickt vorgehen. Uns mit ihnen anfreunden und sie dann aushorchen. Bevor wir nicht wissen, wieso sie Streit haben, sollten wir nichts Unüberlegtes tun.«

»Okay. Und wenn wir Paul bitten, die Klappe zu halten?«

»Das werden wir bezahlen müssen.«

»Stimmt.«

Pia lief weiter durch das Clubhaus und sah sich um. Dann drehte sie sich zu mir und strahlte. »Würde es helfen, wenn wir ihre Adresse wüssten?«

»Total! Dann könnten wir ihnen dort auflauern und müssten nicht rudern. Wieso?«

Pia zückte ihr Handy und fotografierte eine Liste. »Ich hab die Mitgliederliste mit Adressen und Telefonnummern gefunden.«

Ich jubelte. »Wunderbar, dann können wir uns das mit dem Bötchenfahren schenken.«

Wir wollten gerade wieder gehen, da kam Jan-Henrik.

»So, dann sollten wir jetzt mal rudern.«

»Och danke, ist nicht nötig«, winkte ich ab.

»Doch, ist es. Ihr seid ja schließlich deshalb hier.«

Ich sah Pia Hilfe suchend an. Doch sie zuckte bloß ratlos die Schultern.

Ich überlegte, ob es einen eleganten Weg gäbe, jetzt einfach zu gehen, aber der fiel mir so schnell nicht ein. Nicht sehr begeistert folgten wir Jan-Henrik zum Ufer. Unser Boot lag schon bereit.

Eine Dreiviertelstunde später verabschiedeten wir uns von Jan-Henrik. Meine Arme taten weh, meine Finger waren immer noch gekrümmt vom Ruderfesthalten und ich konnte sie kaum wieder gerade biegen. Ich war ziemlich sicher, dass ich Blasen davontragen würde. Außerdem war ich empört, dass er nichts weiter getan hatte, als uns Kommandos zu geben. Ich dachte, er würde uns in der Gegend herumrudern und wir könnten lernen, indem wir ihm zuschauen. War aber nicht, Pia und ich mussten selbst ran. Er saß in einem Extraboot und schwärmte während der gesamten Zeit vom Rudern. Es sei eine der gesündesten Sportarten, es würde nahezu alle Muskelgruppen beanspruchen und gleichzeitig Ausdauer, Koordination, Herz und Kreislauf trainieren. Ein Sport, den so gut wie jeder ausüben könnte und der viel Freude macht.

Na ja, mir nicht, dachte ich, sagte aber nichts.

»Also ich kann nur hoffen, dass Frau Berghof unsere Mühe zu schätzen weiß«, knurrte ich, als wir den Ruderclub wieder verließen.

»Ach, so schlimm war es doch gar nicht«, meinte Pia.

»Jetzt mal ganz ehrlich: Hat dir das Rudern Spaß gemacht?«, erkundigte ich mich.

»Es ist ziemlich anstrengend«, räumte sie ein.

Ich nickte. »Deshalb lassen wir es.«

Wir waren schon halb zu Hause, da fiel mir auf, dass wir unsere Pflanze vergessen hatten. Ich dachte ernsthaft darüber nach, einfach eine neue zu kaufen, aber Pia fand, das sei üble Geldverschwendung. Außerdem müssten wir dann eh wieder zu der Gärtnerei zurück und die lag ganz in der Nähe des Ruderclubs. Also kehrten wir um.

Als ich unser *Tränendes Herz* aus den Büschen rauszerrte, kamen gerade drei Jungs an, stellten ihre Fahrräder ab und beobachteten uns.

»Ganz schön dreist«, grinste einer. Was meinte er?

Aus einiger Entfernung rief ein älterer Mann: »Hey, was soll das?«

»Los, rennt weg«, riet einer der Jungs.

Ohne Nachzudenken tat ich es. Was gar nicht so leicht war, wenn man eine Riesenpflanze im Arm hatte. Pia war zunächst stehen geblieben, doch dann lief sie hinter mir her.

»Wieso flüchten wir?«

»Weiß auch nicht«, keuchte ich, ohne langsamer zu werden.

»Die denken, wir würden ihre Pflanzen stehlen, wir sollten das aufklären.«

Erst als wir außer Sichtweite des Clubs waren, hielt ich an. Erschöpft stellte ich die Pflanze ab.

»Ich glaube, das ist jetzt irgendwie dumm gelaufen.«

»Allerdings! Du hättest nicht wegrennen sollen, wir haben ja nichts angestellt.«

»War ein Reflex.«

»Also dort können wir uns nicht mehr blicken lassen.«

»Müssen wir auch nicht, wir haben ja die Adresse.«

Pia machte immer noch ein tadelndes Gesicht.

Kapitel elf

»Oder aber: Frau Berghof hat sich ständig in die Erziehung ihrer Enkelkinder eingemischt und mit ihnen rumgemeckert, so wie sie das bei uns auch immer macht.« Ich stellte Pia nun bereits das dritte Szenario vor, wieso sich Frau Berghof und ihr Sohn zerstritten haben könnten. Aber ich konnte sie für nichts so richtig begeistern.

Pia und ich waren im Supermarkt. Heute Abend war Pia mit Kochen an der Reihe. Sie kochte ja nun im Wechsel mit ihrer Mutter und sie gab sich echt Mühe. Suchte Rezepte raus und so. Mit schnellem Schritt lief sie Richtung Gemüse. Ich hatte Mühe hinterherzukommen.

»Und was ist, wenn der Sohn noch streitsüchtiger ist als seine Mutter und er schuld war?« Also nun schlug ich ihr aber eine Variante vor, die ihr gefallen musste, denn Pia fand Frau Berghof nicht so schlimm wie ich.

Sie stoppte kurz und drehte sich zu mir.

»Wir wissen doch noch nicht einmal, ob sie sich wirklich gestritten haben!«

»Aus welchem Grund redet man denn sonst nicht mehr

mit jemandem?« Ich sah Pia fragend an. Doch sie hatte sich wieder in Bewegung gesetzt und stand nun vor den Tomaten.

»Was meinst du?«, fragte ich nach.

»Ich weiß es nicht, Luna. Frag halt Frau Berghof.«

»Haha«, machte ich. »Als ob sie *mir* das erzählen würde.«

Pia sagte nichts mehr. Stattdessen sah sie ständig zwischen einer Seite, die sie aus einer Kochzeitschrift herausgerissen hatte, und der Gemüseauslage hin und her.

»Du bist gar nicht so richtig bei der Sache«, tadelte ich sie. »Das hier ist doch was richtig Großes! Stell dir vor, es gelingt uns, eine völlig zerstrittene Familie wieder miteinander zu versöhnen!«

»Vielleicht möchten sie ja lieber weiterhin Streit haben und wollen gar keine Hilfe.«

»Ach, Leute sagen oft, sie wollen keine Hilfe, aber dann sind sie doch froh, wenn man ihnen hilft und ein Problem löst.«

Pia zuckte mit den Schultern.

Ich wollte beim Thema bleiben. »Deshalb müssen wir erst mal erfahren, was für ein Problem die miteinander haben. Also, was meinst du, was passiert ist?«

»Luna, ich muss mich jetzt wirklich auf das Einkaufen konzentrieren. Nach Rezept einkaufen ist nicht so einfach, wie ich dachte. Ich hätte besser mal einen Einkaufszettel geschrieben und vorher zu Hause nachgesehen, was wir dahaben. Hier sind nämlich auch so Sachen wie zwei Esslöffel Olivenöl, zwei Esslöffel Balsamico-Essig, Salz und Pfeffer aufgeführt.«

Ich gab das Berghof-Thema auf.

»Öl und Essig und Pfeffer und Salz hat jeder zu Hause«, sagte ich.

»Aber *Balsamico*-Essig und *Oliven*öl?«

Ich zog eine Augenbraue nach oben. »Wo ist da der Unterschied?«

»Keine Ahnung. Kann aber wichtig sein.«

»Und hättest du nicht deiner Mutter den Einkaufszettel vorlegen sollen?«

»Ach je! Vergessen.«

»Was willst du denn kochen?«

»Ratatouille.«

»Oh, toll! Mach das genauso wie Remy.«

»Remy?«

»Die Ratte!«

Pia sah mich irritiert an.

»In dem Disney-Film! *Ratatouille!*«

»Ach so.«

»Er hat damit diesen Restaurantkritiker wirklich begeistert. Und später war das dann Remys Spezialität. Wir brauchen nur sein Rezept.«

Pia war immer noch etwas irritiert.

Ich schlug vor: »Wir könnten den Film gucken und mitschreiben.«

»Luna, ich hab hier ein Ratatouille-Rezept.«

Ich sah auf die Seite. »Aber das ist nicht das Ratatouille von der süßen Ratte.«

»Wie erkennst du das?«

»Na, Remy hatte doch das Gemüse in so dünne Scheiben geschnitten. Das hier sieht aus wie ein Eintopf.«

»Also, ich geh jetzt nicht nach Hause, schau mir einen Zeichentrickfilm an und schreib ein Rezept mit. Außerdem kann ich mich nicht erinnern, dass sie da ein Rezept vorlesen.«

»Moment«, sagte ich. »Das haben wir gleich.« Ich nahm mein Handy und googelte. »Tadaa! Hier ist das Original-Rezept aus dem Film.«

»Im Ernst?« Pia beugte sich über mein Handy. Sie strahlte. »Okay, dann mache ich ein Ratten-Ratatouille!« Sie verzog das Gesicht. »Das klingt ja eklig!«

Ich nickte. »Nenn das bloß nicht so. Deine Mutter läuft schreiend weg.« Ich sah auf mein Handy und gab Pia Anweisungen: »Wir brauchen zwei Zucchini, eine Aubergine, einen Butternut-Kürbis, außerdem …«

Einen kleinen Schönheitsfehler gab es dann doch bei der Sache: Wir hätten die Vor- und Zubereitungszeit beachten sollen. Eine Stunde Arbeitszeit, zwei Stunden Garzeit. Stand da. Aber erst ganz am Ende. Ich hatte Pia nur den Zutatenteil vorgelesen, damit sie die richtigen Dinge einkaufen konnte.

Erst als wir bei Pia zu Hause waren, das Gemüse klein geschnitten hatten und es dann endlich in den Backofen schieben konnten, schauten wir nach, wie lange es dort bleiben sollte: zwei Stunden! Na bravo! Pias Mutter war längst zu Hause, als wir noch beim Vorbereiten waren. Aber sie war so nett und sagte nichts, sondern lobte uns sogar für die gute Idee. Als wir dann entsetzt feststellten, dass es noch zwei Stunden dauern würde, bis das Ratatouille fertig war, meinte sie bloß: »Macht nichts! Ein Mitternachts-Snack ist doch auch was Schönes.«

Gut, dass ich nicht bei Pia zum Abendessen eingeladen war, ich war nämlich hungrig und mein Vater hatte schon zweimal eine WhatsApp geschickt, wo ich denn bliebe. Ich hatte jedes Mal brav *Komme gleich* geschrieben, mich aber nicht festgelegt, was *gleich* bedeutet. *Gleich* konnten zwei Minuten sein oder zwanzig Minuten. Ich glaube aber, *gleich* ist definitiv unter einer Stunde. Und die war nun seit seiner ersten WhatsApp beinahe rum. Ich verabschiedete mich, versprach, wenn ich künftig Rezeptvorschläge mache, darauf zu achten, wie lange es dauert, bis das Essen fertig ist, und huschte schnell zu uns.

Dummerweise durch Frau Berghofs Garten, weil ich es für eine Abkürzung halte, wirklich, wirklich hungrig war und keine weitere Minute verschwenden wollte.

»Luna?«, tönte ihre Stimme von der Terrasse. Ich erstarrte und blieb bewegungslos stehen. Verflixt, verflixt! Sollte ich einfach so als Statue hier in ihrem Garten stehen bleiben und nicht reagieren?

»Komm doch mal her!«

Ich könnte auch einfach durchstarten und mich mit

einem Sprint in unseren Garten retten. Aber etwas hielt mich zurück. Es war der Klang ihrer Stimme. Sie klang nicht wütend, sie klang – normal! Das war jetzt wirklich sehr beunruhigend.

Ich verharrte weiterhin regungslos, wandte aber den Kopf zu ihr.

Sie stand an der Terrassentür und winkte mich mit einer Handbewegung zu sich. Merkwürdigerweise machte sie auch gar kein wütendes Gesicht. War das eine Falle? Wollte sie mich in Sicherheit wiegen, bis ich bei ihr war, und dann erst würde sie mich anmeckern?

»Ich brauche deine Hilfe hier im Haus.«

Im Ernst? Meine *Hilfe?* Und sie bat mich in ihr Haus? Ich war echt hin- und hergerissen. Das war meine große Chance, vielleicht könnte ich etwas mehr über ihren Sohn erfahren, vielleicht standen dort Fotos von ihm herum oder so? Auf der anderen Seite – ich hatte Hunger!

Mein Handy fiepte. Es war eine weitere WhatsApp von meinem Vater, in der er ankündigte, dass sie nun essen würden. Allein bei dem Wort Essen knurrte mein Magen laut.

Um Leuten zu helfen, muss man Opfer bringen. Ich ging zu Frau Berghof. Sie hielt die Terrassentür geschlossen, erst als ich kurz davor war, öffnete sie sie schnell, schob mich hinein und verschloss die Tür wieder.

Dann schrie ich auf und warf mich erst mal zur Deckung auf den Boden, denn kaum hatte ich das Zimmer betreten, kam etwas Knallbuntes im Sturzflug auf mich zugeschossen.

Es verfehlte mich nur um Haaresbreite. Erst als ich mich traute, wieder die Augen zu öffnen, sah ich, was es war: ein Papagei.

»Stell dich nicht so an!«, sagte sie barsch. Ja, das war wieder Frau Berghof, wie ich sie kannte.

Der Papagei saß inzwischen auf der Gardinenstange und beäugte mich von dort. Vorsichtig stand ich auf, behielt ihn fest im Blick und duckte mich ganz langsam hinter Frau Berghofs Sofa, damit ich dort Schutz suchen konnte, falls der Vogel mich noch einmal attackieren würde.

Ich war ziemlich empört. Was sollte das denn? Hatte Frau Berghof sich etwa einen Kampf-Papagei zulegt, den sie auf mich hetzte, wenn ich unerlaubt ihren Garten betrat? Ich starrte sie böse an. Das irritierte sie nicht im Mindesten.

»Also, Folgendes«, bellte sie. »Ich muss in einer Stunde am Bahnhof sein und komme erst übermorgen wieder. Du musst dich in der Zwischenzeit um diesen Vogel kümmern.«

Bitte? Das war ja dreist. Kann man das nicht freundlicher formulieren?

»Wieso ich?«, traute ich mich zu fragen.

»Na, du hilfst doch so gern. Jetzt kannst du mal helfen, ganz offiziell.«

Ich wusste nicht genau, ob mich das freuen sollte. Ich war kein Vogelfreund, es irritiert mich, dass sie fliegen können und ich nicht. Und dieser Geselle hatte mich ja sogar angegriffen. Aber sie klang so entschieden, dass ich einfach nur nickte.

»Okay. Wie oft muss er denn gefüttert werden? Und was isst er?«

»Keine Ahnung, das musst du selbst rausfinden.«

Was sollte das denn? Wieso sagte sie mir nicht einfach, was ihr Papagei frisst? Sollte das ein Test oder so was sein? Aber gut. Das konnte ja nicht so schwer sein.

Wieder nickte ich. Dann fiel mir etwas ein: »Sie müssen mir dann den Schlüssel für Ihr Haus geben, damit ich nach ihm sehen kann.« Als ich es gesagt hatte, strahlte ich plötzlich: Das war ja perfekt! Besser könnte es nicht sein, dann hätte ich einen ganzen Tag lang Zeit, Frau Berghofs Haus zu durchsuchen, um Hinweise auf ihren Sohn und die Enkelkinder zu finden.

Sie zog die Augenbrauen zusammen und knurrte: »Wieso soll ich dir den Schlüssel für mein Haus geben?«

»Na ja, wenn ich Ihren Papagei versorgen soll …«

»Das ist nicht *mein* Papagei! Der ist vor einer Viertelstunde einfach hier in mein Wohnzimmer reingeflogen.«

»Ja aber …«

Sie unterbrach mich: »Du nimmst ihn mit zu dir nach Hause, machst ein Foto und morgen hängst du einen Zettel im Viertel auf, dass dir ein Papagei zugeflogen ist und dass der Besitzer ihn bei dir abholen kann.«

Ich sah sie sprachlos an. Dann straffte ich mich. Ich hatte mich von meinen beiden Schocks – von Frau Berghof in ihrem Garten erwischt zu werden und von der Sturzflug-Attacke – wieder erholt. Zweifelnd gab ich zu bedenken: »Ich weiß nicht, ob das so eine gute Idee ist.«

»Ach ja, was soll ich denn sonst tun?«

Ich grinste. »Papageien können doch reden: Vielleicht fragen Sie ihn einfach, wo er wohnt.«

»Du musst immer frech sein, was?«

Was sollte ich darauf antworten? Na ja, vielleicht war es ja auch gar keine Frage. Ich überhörte es einfach.

»So, und jetzt lass uns den Vogel mal einfangen, damit du ihn mit nach Hause nehmen kannst.«

An der Stelle zuckte ich zusammen. Wie begeistert würde meine Mutter sein, wenn ich zum Abendessen einen Papagei mitbrachte? Also, nicht zum Abendessen, sondern zum Übernachten. Mein Vater würde mich bestimmt unterstützen, er ist ja ein begeisterter Tierschützer. Hey, und um bei der Wahrheit zu bleiben: Ich rühme mich ja immer, gern zu helfen. Also, dann sollte ich das jetzt tun.

»Haben Sie einen Käfig?«, fragte ich.

»Aber natürlich! Ich halte Papageien-Käfige stets vorrätig, falls mir mal einer zufliegt.«

Das war wohl ironisch gemeint, also verkniff ich mir eine Bemerkung.

»Ich hole jetzt einen Kopfkissenbezug und wir versuchen, den Papagei da hineinzulocken.«

»Und dann?«

»Dann kannst du ihn transportieren. Wie willst du ihn sonst zu dir nach Hause bringen?«

»Und wie locken wir ihn in den Kissenbezug?«

»Mit Futter.«

Okay, das war wohl jetzt mein Part, herauszukriegen, was Papageien essen. Ich nahm mein Handy und recherchierte. *Handelsübliches Körnerfutter* schied aus, danach musste ich Frau Berghof nicht fragen, sie hätte bloß eine spitze Bemerkung gemacht.

»Äpfel, Birnen, Möhren, Gurken«, las ich vor.

Frau Berghof hatte alles da. Ich sollte es in kleine Stücke schneiden, während sie den Kissenbezug auf den Boden drapierte und die Öffnung mit zwei Fingern einladend offen hielt. Dann legte ich eine Obst- und Gemüsespur, die ganz nach hinten in den Kissenbezug führte, und wir warteten ab. Von wegen Papageien gehören zusammen mit Raben und Spechten zu den Vögeln mit der höchsten Intelligenz – der Kerl hüpfte arglos in unsere Falle.

Kapitel zwölf

Als ich endlich nach Hause kam, war meine Familie mit dem Abendessen bereits fertig. Aber sie saßen noch am Tisch, meine Mutter hielt Paul gerade einen Vortrag.

»Es kann doch nicht sein, dass wir Woche für Woche Beschwerdebriefe von deiner Schule bekommen.«

»Einmal im Monat, höchstens«, lautete Pauls Verteidigung.

»Auch das ist mir deutlich zu viel. Halte dich einfach mal an die Regeln. Das kann doch nicht so schwer sein! Ich habe dir …«

Sie unterbrach, als ich mit dem zappelnden Kopfkissenbezug zur Tür reinkam, den ich wie einen Sack in der Hand hielt.

Offensichtlich war meine Mutter von Paul schon etwas strapaziert. Sie sah mich nur an, verdrehte die Augen und meinte: »Und was hast du wieder angestellt?«

»Nichts, ich hab nur geholfen.«

»Weiß derjenige, dem du geholfen hast, davon?«, erkundigte sich meine Mutter sofort misstrauisch.

Paul grinste. »Bestimmt nicht. Und wenn es rauskommt, müssen wir wahrscheinlich das Land verlassen.«

Diese Familie war wirklich nicht sehr freundlich.

»Ich habe ein Tier gerettet!«, sagte ich stolz und hob den Kopfkissenbezug etwas an, der sich krächzend bewegte.

Meine Mutter machte bereits Anstalten, auf den Stuhl zu steigen. Mit Panik in der Stimme fragte sie: »Was für ein Tier?«

Ich grinste. »Keins, bei dem es dir helfen wird, wenn du auf den Stuhl steigst. Es kann nämlich fliegen.«

Das beruhigte sie nicht. Selbst mein Vater hatte nun ein etwas irritiertes Gesicht aufgesetzt.

»Was hast du da?«, fragte er und deutete auf den Kissenbezug.

Endlich stellte jemand eine vernünftige Frage. Ich ging zu ihm und ließ ihn hineinschauen.

Er war fasziniert.

»Ein Ara!«, rief er. Dann wandte er sich an meine Mutter und Paul. »Ein Papagei aus Südamerika. Sind ziemlich schlaue Vögel.«

Paul meinte: »Na, so schlau wohl auch nicht, wenn er sich von Luna fangen lässt.«

»Ich hab ihn nicht gefangen, er ist von selbst reingekrochen.«

Meine Mutter hatte sich etwas entspannt und die Füße wieder auf den Boden gestellt. Nun schaltete sie sich ein: »Moment mal, Luna. Was ist denn das für eine Geschichte? Seit wann läufst du mit einem Kissenbezug in der Gegend herum und wartest, bis Papageien reinspazieren? Und was ist das überhaupt für ein Kissenbezug? Der gehört uns nicht.«

Mein Vater fragte etwas ängstlich: »Du hast ihn doch nicht etwa aus einem Geschäft, ähm, *mitgehen* lassen?«

»Vielleicht lasst ihr mich einfach mal erklären, bevor ihr mich alle beschimpft und mir merkwürdige Dinge unterstellt«, polterte ich los.

Tatsächlich schwiegen nun alle und sahen mich interessiert an. Ich berichtete.

Als ich geendet hatte, meinte meine Mutter bloß: »Diese Frau Berghof macht es sich aber auch leicht! Drückt dir einfach diesen Papagei aufs Auge und verreist.«

Mein Vater eilte zu meiner Verteidigung: »Was hätte sie denn sonst tun sollen? Und es ist ja wirklich nett von Luna, dass sie hilft.«

»Toll und wir haben jetzt einen Vogel!«, maulte meine Mutter.

»Hey, cool«, rief Paul. »Papageien können sprechen, ich werde ihm ein paar ordentliche Schimpfwörter beibringen.«

»Du tust nichts dergleichen!«, sagte meine Mutter entschieden. Dann sah sie meinen Vater an. »Was machen wir denn jetzt?« Sicherheitshalber setzte sie mit Nachdruck hinzu: »Ich will kein Haustier. Darüber hatten wir bereits gesprochen.«

Mein Vater beruhigte sie: »Wir werden den Besitzer ausfindig machen und den Ara zurückbringen.«

»Heute Abend noch?«, fragte meine Mutter.

Die Antwort musste *Ja* lauten, das war uns allen klar.

Wir machten uns alle daran, in der Nachbarschaft herumzutelefonieren. Doch ohne Erfolg. Keiner vermisste einen Papagei.

Mein Vater hatte zumindest einen Teilerfolg zu vermelden: »Ich hatte jemanden am Telefon, der einen alten Käfig hat, den können wir uns abholen.«

»Wer?«

»Frau Weber, sie wohnt fünf Häuser weiter.«

»Warum hast du sie nicht gefragt, ob sie vielleicht den Papagei möchte?«, tadelte meine Mutter.

»Ich kann ihr doch nicht einen Papagei anbieten, der uns nicht gehört.«

Das wäre meiner Mutter egal gewesen. »Na gut, holen wir den Käfig, dann kann der Vogel wenigstens aus dem Kissenbezug raus«, seufzte sie, sah mich streng an und bestimmte: »Das erledigt Luna, sie hat uns das Problem schließlich ins Haus gebracht!«

Als ich mich auf den Weg machte, knurrte mein Magen und ich spielte kurz mit dem Gedanken, schnell noch bei Pia vorbeizugehen, denn inzwischen war es so spät geworden, dass das Ratatouille eigentlich fertig sein musste. Ich war wirklich ausgesprochen hungrig. Aber ich wusste, dass meine Mutter sehr nervös wartete, wahrscheinlich den Blick misstrauisch auf den Kissenbezug gerichtet. Außerdem wollte ich den armen Kerl auch möglichst schnell aus seinem Gefängnis befreien. Also beeilte ich mich.

Aber Frau Weber beeilte sich leider nicht. Wir suchten gemeinsam ihren Dachboden ab, immer wieder versicherte sie: »Ich weiß, dass er hier irgendwo sein muss«, aber der Käfig war nirgends zu finden. Ich wollte schon entnervt wieder abziehen, als sie rief: »Jetzt weiß ich: Er ist im Keller.« Damit lag sie Gott sei Dank richtig.

Ich dachte, damit hätte ich meine Mission erfüllt, aber sie hatte noch Anweisungen, wie man einen Papagei ernährt, und bestand darauf, dass ich sie mir aufschrieb. Um uns eine weitere Suchaktion zu ersparen, bot ich an, alles auf meinem Handy zu notieren. Sie ließ sich nur schwer davon überzeugen, dass so etwas möglich sei, stellte sich dann neben mich und kontrollierte jeden Eintrag.

Als ich wieder zurückkam, hatte ich also nicht nur den Käfig, sondern auch noch eine Menge Ratschläge.

Ich las ab: »Wir brauchen spezielles Körnerfutter, kann man im Tierbedarf kaufen, sollen ihm täglich frisches Obst und Gemüse geben. Täglich frisches Wasser sowieso, einmal die Woche kann er auch Möhrensaft haben, und während der Brutzeit braucht er tierisches Eiweiß, also zum Beispiel Quark, Jogurt oder hart gekochte Eier.«

»Brutzeit?«, quiekte meine Mutter entsetzt. »Wir züchten hier keine Papageien! Er bleibt nur über Nacht.«

»Beziehungsweise so lange, bis wir seinen Besitzer gefunden haben«, räumte mein Vater ein.

»Nein, nein, nein! Das kann ja ewig dauern. Wir werden ihn morgen, wenn das Tierheim wieder geöffnet hat, dort abgeben.«

»Ich weiß nicht, ob die auch Vögel annehmen.«

»Dann finden wir das raus.«

»Ich war noch nicht fertig«, brachte ich mich in Erinnerung. »Folgendes ist schädlich, teils sogar giftig für einen Papagei: Zucker, Kaffee, Salz, Alkohol, Nussschalen, Schokolade, Avocados sowie giftige Zimmerpflanzen.«

»Also scheidet schon mal aus, dass wir ihm morgen zum Frühstück einen Kaffee anbieten«, meinte Paul. »Wichtige Info, Luna. Danke.«

»Ich sag's ja bloß!«, meinte ich. »Das muss man wissen, damit man solche Sachen nicht rumstehen lässt.«

Meine Mutter schüttelte den Kopf. »Das ist uninteressant! Er fliegt ja nicht frei herum, er bleibt im Käfig!«

Der Papagei schien sehr angetan, als wir ihm den Käfig als Behausung anboten. Vielleicht war er aber auch einfach nur froh, dass er jetzt durch Gitter von uns getrennt war, und er fühlte sich sicher.

Mein Vater hatte die Zeit genutzt und recherchiert und im Geiste wahrscheinlich bereits einen Entwurf für einen Artikel verfasst. Wie immer waren wir diejenigen, an denen er seine neuen Erkenntnisse austestete.

»Wusstet ihr, dass Papageien als Haustiere in den

90er-Jahren stark in Mode waren. Zum größten Teil stammten die Tiere aus Wildfängen, daher sind einige Arten sogar vom Aussterben bedroht. Inzwischen gibt es ein Einfuhrverbot. Sie können über einhundert Jahre alt werden, brauchen Artgenossen, sonst vereinsamen sie, und sie kosten ein paar Tausend Euro. Die Haltung ist sehr aufwendig, viele Halter informieren sich zu wenig und sind dann schnell überfordert und verlieren das Interesse.«

Meine Mutter waren das zu viele Informationen. »Frank, ich werde dann deinen Artikel lesen, aber im Moment muss ich das nicht wissen.«

Doch davon ließ sich mein Vater nicht entmutigen. »Jeder Papagei muss einen Fußring tragen, mit einer Nummer. So kann man den Halter ermitteln, der ist nämlich verpflichtet, das Tier beim Artenschutz zu melden.«

»Siehst du, *das* ist jetzt eine Information, die mich interessiert. Also bringen wir ihn in ein Tierheim, die suchen dann den Besitzer.«

»Normale Tierheime sind gar nicht darauf eingestellt, Papageien aufzunehmen, aber ich habe ein spezielles Papageien-Schutzzentrum gefunden, etwas außerhalb, da können wir morgen mal hinfahren.«

»Gut, nimm den Papagei und die Kinder morgen nach der Schule mit und macht einen Ausflug.«

Damit war das Thema für sie erledigt. Und sie nahm ungerührt das Verhör von Paul wieder auf.

»Also, wo waren wir stehen geblieben?«

Paul antwortete brav. »Du hattest dich darüber aufgeregt, dass du von der Schule eine Mitteilung bekommen hast, dass die Schulfahne weg ist.«

»Ach so, ja richtig, also …«

»Nein, nichts *also!* Ich weiß wirklich nicht, wieso sie dir das gleich mitteilen.«

»Na, sie gehen halt die üblichen Verdächtigen durch.«

»Ich war's aber nicht! Egal was die Schule dir schreibt.«

Das schien meiner Mutter nicht zu gefallen und sie schien ihm auch nicht so recht zu glauben.

Paul blitzte meine Mutter böse an. »An dem Nachmittag war ich überhaupt nicht in der Schule, ich war zu Hause.«

»Das stimmt!«, rief ich.

Meine Mutter sah mich erstaunt an. »Du verteidigst deinen Bruder?«

»Ich verteidige ihn nicht, ich sag nur, dass er das tatsächlich nicht gewesen sein kann, weil er nämlich hier war und mir tierisch auf den Wecker gegangen ist.«

Meine Mutter schien ein wenig enttäuscht. Sicher nicht, weil ihr Sohn im Fall der verschwundenen Fahne unschuldig war, sondern, weil sie sich darauf vorbereitet hatte, ihm deswegen einen Vortrag zu halten und mit ihm zu schimpfen. Sie tat das nämlich mit Hingabe.

Paul war immer noch eingeschnappt und sagte streng: »Und wenn dir jemand erzählt, bei uns im Ruderclub wurde eine Pflanze geklaut, kann ich dir auch gleich sagen: Das war nicht ich. An dem Tag war ich nämlich gar nicht im Club.«

Eine Pflanze geklaut? Er sprach doch wohl hoffentlich nicht von dem *Tränenden Herz*. Das sollte ich gleich mal klarstellen. Nein, sollte ich nicht! Und konnte ich auch nicht, denn dann hätte ich ja sagen müssen, dass ich dort gewesen bin.

Vorsichtig erkundigte ich mich: »Was für eine Pflanze denn?«

»Woher soll ich das wissen? Ich hab sie ja nicht geklaut.«

»Vielleicht wurde sie nicht geklaut, vielleicht hat sie jemand nur dort abgestellt und dann wieder mitgenommen?«

»Was ist denn das für eine jämmerliche Erklärung?«, fragte meine Mutter. »Apropos Pflanze«, wandte sie sich dann endgültig an mich. »Was ist eigentlich mit meinem *Tränenden Herz?*«

Ich war sehr empört. »Ich hab eins besorgt und schon wieder eingegraben!«

»Tatsächlich?« Sie war ausgesprochen verblüfft, was mich wirklich ärgerte.

»Es ist dir nicht aufgefallen?«

»Nein, ähm, tut mir leid. Ich hab aber auch nicht erwartet, dass du es tatsächlich erledigst.«

Das war ihre Verteidigung? Paul hatte sich inzwischen dem Papagei zugewandt und versuchte, ihn zum Reden zu bringen, mein Vater war über seine Recherchen gebeugt und die volle Wucht mütterlicher Anteilnahme brach über mich herein.

»Was gibt es denn bei dir so Neues?«

Ich sah sie verblüfft an. Wo war sie denn in den letzten Stunden? »Also, da wäre einmal die Sache mit dem Papagei …«, erinnerte ich sie vorsichtig.

Sie winkte ab. »Nein, ich meine, was gibt es Neues in der Schule?«

Irgendwie verunsicherte sie mich. »Ähm, ich hab ein paar neue Englisch-Vokabeln gelernt …«

Doch sie sah mich etwas beleidigt an. Was wollte sie von mir? Schließlich versuchte ich es mit: »Es gibt nichts Neues, alles ist bestens.«

»Tut mir leid, dass ich mich nicht so um dich kümmern kann, aber zurzeit ist einfach so viel los im Büro und ich bin ständig unterwegs.«

Aha, daher wehte der Wind, sie hatte bloß ein schlechtes Gewissen. Das kam von Zeit zu Zeit vor. Und ich wusste, was ich dann sagen musste.

»Mach dir keine Gedanken, echt, alles ist super! Pia und ich verstehen uns prima und in der Schule läuft es auch gut. Also alles bestens.«

»Sehr gut. Dann habe ich eine Bitte an dich: Hab doch mal ein Auge auf deinen Bruder. Diese Beschwerdebriefe von der Schule müssen ein Ende haben.«

Erst wollte ich empört ablehnen, aber nachdem ich sah, dass Paul sich umgedreht hatte und meine Mutter entsetzt ansah, nickte ich eifrig und sagte in Richtung Paul: »Klar, kein Problem, mach ich.« Ich grinste ihn breit an und flötete: »Ich helfe gern.«

Jetzt funkelte er mich wütend an.

Ein lautes knurrendes Geräusch war zu hören. Alle richteten ihre Aufmerksamkeit erschrocken auf den Papagei. Dann vorwurfsvoll auf Paul.

»Was hast du dem Tier getan?«, fragte meine Mutter sofort.

»Er hat nichts getan«, sagte ich. »Das war mein Magen. Der hat geknurrt. Ich hab Hunger, hab doch das Abendessen versäumt.«

»Ach Gott, du armes Kind!«, rief meine Mutter.

Das war doch jetzt die perfekte Gelegenheit für sie, etwas für mich zu tun, nämlich aufzuspringen, mir Essen zu machen und ihr schlechtes Gewissen zu beruhigen.

Meine Mutter lächelte mich freundlich an. »Schau mal im Kühlschrank, da sind noch eine Menge Reste.«

Das war alles?

Kapitel dreizehn

Pia hatte sehr bedauert, dass sie die ganze Papageien-Aufregung nicht mitbekommen hatte, daher bot ich an, dass sie nachmittags mit uns zu diesem Papageien-Schutzzentrum fahren konnte.

»Ja, super. Aber ich muss vorher noch einkaufen gehen. Wir brauchen dringend Shampoo und Brot.«

»Gut, ich komm mit. Machen wir gleich nach dem Mittagessen. Mein Vater wollte so um drei Uhr los, er hat gesagt, wenn ich mitfahren will, soll ich rechtzeitig zu Hause sein. Also haben wir noch genug Zeit.«

Vor dem Supermarkt standen ein paar Pflanzen zum Verkauf. Inzwischen hatte ich ja einen Blick dafür und eine fiel mir auf. Es war eine Paprikapflanze, an der tatsächlich kleine Paprikas hingen. Ich hob sie hoch und zeigte sie Pia.

»Schau mal, wär das nicht total praktisch? Wenn du mal Paprikas für ein Rezept brauchst, musst du nicht einkaufen gehen, du kannst sie einfach von deinem eigenen Baum pflücken!«

Pia war ebenfalls beeindruckt und betrachtete die Pflanze. »Echt cool.«

»Na, seid ihr wieder auf Beutezug?«, fragte eine Stimme hinter uns.

Ich drehte mich um. Da standen drei Jungs, die gerade aus dem Supermarkt gekommen waren. Es waren dieselben, die uns beim Ruderclub mit dem *Tränenden Herz* gesehen hatten. Dachten sie etwa schon wieder, wir wollten eine Pflanze klauen?

Der Typ, der uns damals geraten hatte, wir sollten schnell abhauen, grinste. »Wieso fangt ihr nicht eine Nummer kleiner an? Kaugummis, Kugelschreiber, Radiergummis zum Beispiel, die steckt man unauffällig in die Tasche und gut ist.«

Was war das denn für ein Trottel?

Er fuhr fort: »Ich wollte mit Jakob und Elias jetzt zum Kaufhaus, ihr könnt ja mitkommen, ich bring euch bei, wie man das macht.«

Jakob? Elias? Oh mein Gott! Die Berghof-Jungs! Ich drehte mich zu Pia und quiekte: »Das sind Jakob und Elias!«

Sie sah mich etwas verwundert an.

Ich sagte es noch einmal mit bedeutungsvoller Betonung: »Jakob und Elias!«

Die Jungs waren ebenfalls irritiert. Der Sprecher der Gruppe grinste, deutete auf sich und sagte mit derselben Betonung wie ich gerade: »Und Alex!«

Ich drehte mich zu Pia und wiederholte brav: »Und Alex.«

Alex fragte: »Also, kommt ihr mit?«

»Klar«, nickte ich.

Er deutete auf die Pflanze in meinem Arm. »Also entweder stellst du die wieder hin und oder rennst ganz schnell los.«

Ich stellte sie ab.

Pia zupfte mich am Ärmel. »Ich muss einkaufen und dann wollten wir zu diesen Papageien fahren.«

Ich wünschte wirklich, ich hätte mich in Telepathie geübt, dann könnte ich jetzt Pia per Gedankenübertragung mitteilen, dass das hier eine einmalige Chance war, die wir nutzen mussten. Ich probierte es dennoch und sah sie sehr angespannt und konzentriert an. Offensichtlich funktionierte es nicht.

Pia warf mir nur einen merkwürdigen Blick zu und sagte zu den Jungs: »Geht nicht, wir haben keine Zeit.«

»Na, macht nichts«, meinten die drei und wandten sich zum Gehen.

Ich schubste Pia an. »Wir haben noch 'ne Dreiviertelstunde, bevor mein Vater losfährt. Pia: Das sind die Jungs, die wir suchen! Jakob und Elias Berghof!«

Nun riss Pia die Augen auf. »Wahnsinn! Was für ein Zufall! Und was machen wir jetzt?«

»Na, mitgehen.«

»Sie haben uns zum Ladendiebstahl eingeladen!«

Oh! Das hatte ich in meiner Aufregung gar nicht registriert. Aber Pia hatte recht, könnte sein, dass sie etwas klauen wollten. Mist! Trotzdem, wir mussten handeln.

Ich rief hinter ihnen her: »Ähm, also, Pia und ich … wollten gerade Eis essen gehen. Wollt ihr mitkommen?«

»Kein Geld«, kam nur als Antwort, aber sie waren stehen geblieben.

Ich überlegte fieberhaft – wäre es das wert? Ja.

»Wir laden euch ein.«

Pia sah mich an. »Von welchem Geld bitte? Haushaltsgeld darf ich für so was nicht mehr nehmen.«

»Ich hab von den fünfzig Euro von meinem Vater noch was übrig.«

Da Pia immer noch kein sehr glückliches Gesicht machte, sagte ich leise: »Wir wollen doch Frau Berghof helfen!«

Nun seufzte sie. Ich legte ihr Seufzen als Zustimmung aus, drehte mich um und lächelte die Jungs an.

»Ich bin Luna, das ist meine Freundin Pia.«

»Wieso wollt ihr uns ein Eis ausgeben?«, fragte der ältere Berghof-Junge.

Tja, gute Frage. Leider fiel mir keine gute Antwort darauf ein. Aber das übernahm Alex. Er grinste, schubste ihn an und sagte: »Ich denke mal, das ist Schweigegeld.«

Da ich ein fragendes Gesicht machte, erklärte er: »Damit wir euch nicht verpetzen, oder?«

Ich brauchte einen kleinen Moment, bis ich verstand, dann rief ich erfreut: »Genau!«

»Moment mal bitte«, sagte Pia zu den Jungs und zog mich zur Seite.

»Was soll das denn? Wieso tust du so, als wären wir Verbrecher?!«

»Weil das eine prima Tarnung ist.«

»Wir brauchen keine Tarnung! Und sich als Dieb zu tarnen ist doch wohl echt voll dämlich.«

»Tarnung ist auch das falsche Wort. Ich meinte Vorwand. Ein Vorwand, um mit ihnen ins Gespräch zu kommen.«

»Ja, gut. Aber übertreib es nicht, ich will nicht Teil einer Diebesbande werden. Also klär das bitte möglichst bald auf.«

»Aber wir brauchen doch eine Gemeinsamkeit mit ihnen, um über irgendwas zu reden.«

»Hallo! Wie wär's mit Rudern? Wir haben sie ja schließlich im Ruderclub getroffen!«

»Stimmt! Das ist sehr viel besser!«

Pia war immer noch etwas verstimmt, sie knurrte leise: »Vielleicht ist das auch der Grund, weshalb Frau Berghof nichts mit ihren Enkeln und ihrem Sohn zu tun haben will: Weil sie Ladendiebe sind.«

»Aber da können wir ihnen doch helfen!«

»Beim Klauen?«

»Nein, es aufzugeben.«

Die Jungs schienen keine Lust mehr zu haben, auf uns zu warten, sie waren einfach weitergegangen.

Schnell lief ich hinterher.

»Also, rudern«, sagte ich fröhlich, doch da niemand so

recht wusste, was er darauf sagen sollte, formulierte ich eine Frage: »Ihr seid im Ruderclub?«

»Jakob und ich.« Aha, demnach war er Elias. »Alex und ich gehen in dieselbe Klasse.«

»Was ist mit deiner Freundin?«, fragte Jakob und sah sich nach Pia um. Da fiel mir erst auf, dass Pia nicht hinterhergelaufen war. Ich drehte mich um.

»Pia, was ist?«

»Ich muss noch einkaufen. Ich treffe euch dann in der Eisdiele«, rief sie.

»*Vor* der Eisdiele«, korrigierte ich, denn so großzügig, sie auf einen Eisbecher einzuladen, wollte ich auch nicht sein. Ein Eis in der Waffel musste genügen, es ging ja nur darum, mit ihnen Zeit zu verbringen und sie auszuhorchen.

Jakob bot Pia an: »Soll ich auf dich warten? Oder ich komm mit in den Laden.«

»Lieber nicht. Also, mit in den Laden kommen. Du kannst hier draußen warten.«

»Wieso soll ich nicht mit rein?«

Pia kam näher und sagte leise zu ihm: »Weil ich nicht dabei sein will, wenn du was klaust.«

»Ich klaue doch nicht!«

Pia deutete mit dem Kopf auf Alex. »Und was sollte das eben?«

Jakob winkte ab. »Lass dir doch keinen Bären aufbinden.«

Kurz überlegte ich, ob ich vorschlagen sollte, dass wir

alle auf Pia warteten, aber dann dachte ich, dass diese Entwicklung eigentlich prima war, denn nun könnten wir sie getrennt verhören. Ich warf Pia einen Blick zu, der ihr genau das mitteilen sollte. Aber Pia sah mich nur ausdruckslos an. Hoffentlich wusste sie, was sie zu tun hatte. Gedankenübertragung ist wirklich etwas, woran wir mal arbeiten sollten. Die beiden gingen in den Supermarkt. Alex, Elias und ich liefen Richtung Eisdiele.

Also, dann würde ich jetzt mal Infos sammeln.

»Auf welche Schule gehst du?«, erkundigte ich mich bei Elias.

»Gesamtschule Osterholz.«

»Ich übrigens auch«, sagte Alex. Zum Thema Schule fiel mir nichts ein, ich kannte sie nicht, sie lag am anderen Ende der Stadt.

»Hast du noch mehr Geschwister?«, fragte ich Elias.

»Nein, nur meinen kleinen Bruder.«

»Ich hab keine Geschwister«, informierte mich Alex.

Wieder wandte ich mich an Elias: »Ich hab auch einen kleinen Bruder. Kleine Brüder nerven tierisch!«

»Ich versteh mich gut mit Jakob. Er ist in Ordnung.«

Jetzt vielleicht über Väter reden. Doch bevor mir dazu etwas einfiel, fragte Alex: »Warst du nur im Ruderclub, um die Pflanze zu klauen, oder ruderst du auch?«

»Ich hab's nur mal ausprobiert, aber ich finde, Rudern ist ziemlich anstrengend. Mir haben anschließend voll die Arme wehgetan.«

Elias meinte: »Das kommt eher davon, wenn man so Riesenpflanzen durch die Gegend schleppt.«

Okay, ich hatte Pia versprochen, das klarzustellen.

»Das war übrigens meine eigene Pflanze. Ich hab sie nicht geklaut!«

»Wieso bringst du eine Pflanze mit zum Rudern?«

»Damit sie mal rauskommt und was erlebt«, sagte ich.

Elias musterte mich mit gerunzelter Stirn. Kein Sinn für Humor. Gut, dann halt nicht. Ich erklärte: »Ich hatte sie für meine Mutter gekauft, auf dem Weg zum Club. Deshalb hatte ich sie dabei.«

»Ah ja«, meinte Elias bloß. Alex schien eher enttäuscht, dass ich sie nicht geklaut hatte, offensichtlich verlor er das Interesse an mir. Er nahm sein Handy raus und beschäftigte sich damit.

Gut, ich musste gezielter vorgehen. Das Wort Großmutter sollte fallen.

»Also genau genommen war die Pflanze nicht für meine Mutter, sondern für meine Großmutter.«

Doch auch das schien keinen zu interessieren.

»Ich besuche sie einmal die Woche.« Dann wandte ich mich direkt an Elias. »Und du?«

»Ich besuche deine Großmutter nicht.« Ach, doch ein Funken Humor.

»Ja, darüber hat sie sich auch schon beklagt. Aber ich sage ihr ständig: Sei nachsichtig mit Elias, er hat viel zu tun.«

»Vielleicht solltest du das mit dem Rudern nicht so schnell aufgeben, ist 'ne Sache der Übung.«

Okay, er hatte das Thema gewechselt, also wollte er nicht über Großmütter reden. Ich war ein wenig enttäuscht, aber auf der anderen Seite – was hatte ich erwartet? Dass er jetzt sagt: Mein Vater hat sich mit seiner Mutter zerstritten, deshalb habe ich keinen Kontakt zu meiner Großmutter. Und dann vielleicht noch: Ich würde mich riesig darüber freuen, wenn sich jemand die Mühe machen würde, uns wieder zu versöhnen.

Ich blieb trotzdem dran. »Meine Großmutter liebt Pflanzen. Und deine?«

Er sah mich erstaunt an. »Wieso willst du das wissen?«

Ich wechselte schnell das Thema. »Gestern ist uns ein Papagei zugeflogen.«

»Aha.«

Und wieder herrschte Schweigen. Das war's? Kein weiteres Interesse oder Fragen zu einem zugeflogenen Papagei?

»Ein Papagei braucht außer speziellem Körnerfutter täglich frisches Obst und Gemüse. Und während der Brutzeit auch Quark, Joghurt oder hart gekochte Eier«, erzählte ich.

Doch das schien Elias nicht zu interessieren. Merkte ich daran, dass er sich nun mit Alex, der ja schon früher aus dem Gespräch ausgestiegen war, unterhielt.

Hey, also ein bisschen höflicher sollten sie aber schon sein, schließlich würde ich ihnen gleich ein Eis spendieren! Undankbare Bande! War ich eigentlich verpflichtet, mein

Wort zu halten? Ich warf einen Blick auf die Uhr auf meinem Handy und stellte dabei fest, dass mein Vater fünf Mal versucht hatte, mich anzurufen und mir dann per WhatsApp mitgeteilt hatte, dass er nun gleich ohne mich losfuhr. »Verflixt!« Ich wandte mich an die Jungs. »Tut mir echt leid, aber das mit dem Eis holen wir ein anderes Mal nach. Ich muss auf der Stelle nach Hause, sonst verpass ich die Papageienrückgabe.«

Sie sahen mich verständnislos an.

»Hab ich doch eben erzählt, zugeflogener Papagei und so …« Ich hatte keine Zeit mehr, das zu erläutern, hätten sie halt besser aufpassen sollen. Ich rief nur noch: »Tschüss« und lief Pia entgegen, die inzwischen mit Jakob auf die Eisdiele zukam. Die beiden waren in ein Gespräch vertieft und fast tat es mir leid, dass ich Pia nun zum Aufbruch drängen musste.

Kapitel vierzehn

Während Pia und ich nebeneinanderher galoppierten, versuchte ich, ein Gespräch zu führen. »Bei mir war es so was von unergiebig. Hast du was rausgekriegt?«

»Ja. Jakob ist echt sehr nett und rate mal, was er außer Rudern sonst noch so macht.«

»Pia! Du weißt, was mich interessiert!«

»Ja, okay. Also, die beiden leben allein mit ihrer Mutter und haben keinen Kontakt zu ihrem Vater, weil der nämlich schon abgehauen ist, als die zwei noch Babys waren.«

»Aha, deshalb ist Frau Berghof sauer auf ihren Sohn, weil er einfach seine Familie im Stich gelassen hat! Aber wieso kümmert sie sich nicht um ihre Enkel? Sie wohnen in derselben Stadt.«

»Sie sind erst vor einem Jahr hierhergezogen. Vielleicht weiß Frau Berghof das gar nicht.«

»Und wieso nehmen sie keinen Kontakt zu ihr auf?«

»Weiß ich nicht, darüber haben wir nicht gesprochen. Vielleicht dürfen sie nicht, weil ihre Mutter auf die Familie ihres Ex auch sauer ist.«

»Wissen sie denn, dass ihre Großmutter hier lebt?«

»So weit bin ich nicht gekommen. Außerdem wollte ich ja nicht mit der Tür ins Haus fallen, bevor wir einen Plan haben.« Sie sah mich an. »Haben wir überhaupt einen Plan?«

Ich stoppte kurz, um Luft zu schnappen und zu überlegen. Darüber hatte ich mir noch keine Gedanken gemacht. Ich hatte nur die Idee einer Familienzusammenführung. Aber keinen Plan, wie man das am besten anstellen könnte. Vor allem wenn die Beteiligten das womöglich gar nicht wollten.

Dann fiel mir etwas ein: »Wie seid ihr denn verblieben? Wie habt ihr euch verabschiedet?«

»Man sieht sich, hat er gesagt.«

Ich legte die Stirn in Falten. Das war ja sehr vage.

»Sollten wir nicht besser weiterlaufen?«, fragte Pia.

Ich nickte und wir setzten uns wieder in Bewegung. »Du hättest fragen müssen wann. Wie sollen wir sie denn jetzt wiedertreffen?«

»Wir haben doch ihre Adresse und die Telefonnummer aus dem Ruderclub. Wir rufen sie einfach an.«

»Und sagen was? Wir finden euch so toll und wollen euch dringend wiedersehen?«

»Was ist denn dagegen einzuwenden, ihnen zu sagen, dass wir neben ihrer Oma wohnen und sie einfach mal vorbeikommen sollen.«

»Aber es kann doch sein, dass sie ihre Oma nicht sehen wollen. Oder dass Frau Berghof nicht will. Wir müssen sie überrumpeln, sie einfach vor vollendete Tatsachen stellen.

Wir arrangieren ein Treffen und dann sehen wir, was passiert.«

»Wenn sie sich nicht kennen, passiert da gar nichts.«

Diesmal stoppte Pia und japste etwas. Ich war dankbar für die kurze Pause und musste lächeln. »Meine Lieblingsversion wäre, wenn sie sofort spüren würden, dass sie verwandt sind, obwohl sie sich bisher noch nie gesehen haben.«

Pia sah mich an und grinste. »So wie in einem Roman, wenn *die Stimme des Herzens* spricht?«

»Na ja, wär doch cool.«

Sie lächelte. »Du bist eine Romantikerin.«

»Dafür muss ich mich ja wohl nicht entschuldigen.«

»Nein. Also, wie gehen wir vor?«

»Erst mal laufen wir weiter, vielleicht schaffen wir es ja noch.«

Wir trabten wieder los, aber inzwischen wesentlich langsamer. Gleichzeitig zu rennen und zu reden, war echt anstrengend. Nach einer Weile schlug ich vor: »Wir könnten sie anonym anrufen und sie irgendwohin bestellen.«

»Das ist irgendwie krimimäßig. Finde ich nicht gut.«

»Okay. Wir schicken ihnen eine Einladung zu irgendetwas, bei Frau Berghof machen wir dasselbe und dann treffen sie dort aufeinander.«

»Ja, aber wenn dann die *Stimme des Herzens* nix sagt und sie sich nicht begeistert um den Hals fallen, war alles umsonst.«

»Stimmt.« Das war wirklich nicht so einfach, wie ich gedacht hatte. »Wir sollten dabei sein, damit wir eingreifen können.«

Pia nickte.

»Ich rufe Jakob an, lade ihn und seinen Bruder zu mir ein und dann spazieren wir mit den beiden einfach rüber zu Frau Berghof.«

»Aber um sie einzuladen, brauchen wir auch einen Vorwand. Hat er erzählt, was sie sonst so machen? Außer Rudern? Irgendwelche anderen Hobbys oder Interessen?«

»Ach, auf einmal interessiert es dich also doch! Das wollte ich dir gleich zu Anfang erzählen.«

»Na, dann erzähl es eben jetzt.«

Nun wurden wir deutlich langsamer, vielleicht wäre Rudern doch ein gutes Ausdauertraining.

»Sie interessieren sich fürs Segeln und für Segelschiffe. Wenn sie etwas älter sind, wollen sie einen Segelschein machen. Sie bauen Modelle von Segelschiffen nach.«

»Und wie hilft uns das weiter?«

»Na, du wolltest doch einen Vorwand, um sie einzuladen.«

»Das würde funktionieren, wenn wir segeln würden oder uns zumindest fürs Segeln interessieren würden, aber so bringt das nichts. Es sei denn …« Ich brach ab und überlegte. »Na ja, wieso eigentlich nicht?«

Pia beäugte mich misstrauisch. »Also ich mach jetzt keinen Segelschein oder was immer du im Sinn hast.«

»Nein, keine Angst, Rudern ist ja schon nicht mein Ding,

und Segeln ist ganz sicher noch anstrengender. Ich dachte eher daran, dass wir sie fragen, ob wir uns mal zum Schiffebasteln treffen.«

»Ich kann mit Mühe und Not eins aus Papier falten. Ich glaub nicht, dass sie das beeindrucken wird.«

»Wir kaufen uns einen Bausatz für ein Segelschiff und sagen, wir brauchen ihre Hilfe.«

»Deine Ideen sind immer mit Geld ausgeben verbunden. Was ist dagegen einzuwenden, sie einfach zum Kuchenessen einzuladen?«

»Mit Kuchen lockst du keine Jungs an. Paul würde darauf nie reagieren. Es muss was sein, was sie toll finden, damit sie auf keinen Fall Nein zu unserer Einladung sagen. Ich denke nämlich, dass wir nur einen Versuch haben. Also brauchen wir eine todsichere Sache.«

»Okay, also werden wir jetzt auch noch Modellschiffbauer«, stöhnte Pia und war ganz und gar nicht happy.

»Nein, wir tun nur so als ob. Und zwar auch nur ein einziges Mal. Sobald sie hier waren, hat sich das ja erledigt. Dann sind sie mit ihrer Großmutter versöhnt und wir sind raus aus der Sache.«

»Na gut.«

»Morgen nach der Schule gehen wir in die Stadt, kaufen so einen Bastelsatz und dann rufst du Jakob an.«

Als wir zu Hause ankamen, war mein Vater schon weg. Pia war enttäuscht. Ich weniger, denn eine Autofahrt mit meinem Bruder stand nicht unbedingt auf der Liste meiner Lieblingsbeschäftigungen.

Gegen Abend kam mein Vater mit Paul und Nils wieder nach Hause. Ich saß im Wohnzimmer und machte Hausaufgaben.

»Hey, wie war's?«, erkundigte ich mich. Mein Vater sagte kein Wort, sondern ging in die Küche, um das Abendessen vorzubereiten. Auch Paul antwortete mir nicht. Nils nahm nur seine Schultasche, die er bei uns abgestellt hatte, und verzog sich gleich wieder. Es hatte wohl Ärger gegeben.

Als Nils weg war, kam mein Vater aus der Küche und baute sich vor Paul auf.

Ich lehnte mich gemütlich im Sessel zurück und wartete auf die Vorstellung. Popcorn wäre jetzt nett. Und vielleicht ein Getränk. Sollte ich schnell in die Küche sausen und es mir holen? Aber ich wollte nichts versäumen und ich hatte das Gefühl, mein Vater wäre nicht bereit, mit seinem Vortrag zu warten, bis ich wieder da wäre. Also blieb ich sitzen. Und es begann auch schon.

»Was hast du dir dabei gedacht?«, polterte mein Vater los.

»Er konnte sprechen! Unser Papagei konnte das nicht.«

»Erstens war es nicht *unser Papagei* und zweitens hatten wir schon entschieden, dass wir kein Haustier wollen. Genau deshalb sind wir ja dort hingefahren! Um ihn abzugeben.«

Paul wandte sich an mich: »Der hat voll die Piratenlieder draufgehabt. *Fünfzehn Mann auf des toten Manns*

Kiste …« Da ich nicht reagierte, fügte er hinzu: »*Jo-ho-ho und 'ne Buddel voll Rum!*«

Nun sah ich meinen Vater fragend an.

»Ein Graupapagei. Die sind wirklich sehr sprachbegabt«, erklärte er mir.

Ich wusste aber immer noch nicht, was passiert war. Könnte ich das fragen, ohne mitten in das Kampfgebiet zu geraten? Ich versuchte es mit einem weiteren fragenden Blick. Es funktionierte.

»Dein Bruder hat einen Papagei geklaut!«

Ich blickte schockiert zu meinem Bruder.

»Er konnte sprechen!«, wehrte sich Paul erneut.

Ich sah wieder meinen Vater an; es war ein bisschen wie bei einem Tennismatch, wo man auch hin- und herguckt.

»Die Leute dort waren ausgesprochen nett, haben den Ara übernommen, uns dann noch rumgeführt und ein paar ihrer besonderen Papageien gezeigt. Alles wunderbar. Dann sind wir wieder zurückgefahren.« Er schwieg.

»Und?«, musste ich meinen Vater auffordern, fortzufahren.

»Kurz bevor wir zu Hause waren, flattert mir im Auto ein Papagei um die Ohren.« Er blitzte Paul wütend an. »Ich hätte fast einen Unfall gebaut!« Dann wandte er sich wieder an mich. »Dein Bruder hatte tatsächlich die Unverfrorenheit, diesen Papagei in seinem Rucksack rauszuschmuggeln!«

Als einzige Verteidigung brachte Paul wieder vor: »Er konnte das komplette Piratenlied singen!«

Mein Vater stöhnte genervt auf, wies auf Paul und sagte zu mir: »Glaubt man das? Kein Schuldbewusstsein!«

»Und wo ist der Piraten-Papagei jetzt? Kann er das Lied mal vorsingen?« Ich fand das ziemlich aufregend, aber ich wollte nicht zu begeistert klingen, das hätte meinem Vater bestimmt nicht gefallen. Aber er hatte schon bemerkt, dass meine Neugierde größer war als meine Empörung über Paul.

Streng sagte er zu mir: »Wir haben ihn selbstverständlich postwendend zurückgebracht. Kannst du dir vorstellen, wie peinlich das für mich war? Ich habe, um sie zu besänftigen, versprochen, einen Artikel über ihr Papageien-Schutzzentrum zu schreiben.«

»Wieso du? Paul war doch der Übeltäter.«

Er dachte kurz nach, dann lächelte er. »Ja, genau! Paul schreibt ja jetzt für die Schülerzeitung.«

Paul hob sofort abwehrend die Hände in die Höhe. »Ein Bericht über Papageien? Nee, voll lahm.«

»Na, dann lass dir mal einen interessanten Aufhänger einfallen.«

Mein Vater würde hart bleiben, Paul erkannte das. Aber das einzige Zugeständnis, das er machte, war: »Ich werde darüber nachdenken.«

Mein Vater seufzte. Dann meinte er zu mir: »Luna, du musst mir wirklich den Gefallen tun und ein Auge auf deinen Bruder haben.«

Erst meine Mutter, nun auch noch er?

Ich war empört. »Wieso das denn? Was hab ich damit zu tun? Wieso werde ich bestraft?«

»Das ist doch nicht als Strafe für dich gedacht! Du würdest deiner Mutter und mir helfen …«

Happy war ich nicht, aber als ich das ärgerliche Gesicht meines Bruders sah, nickte ich und grinste Paul an. »Mach ich. Ich helfe gern.«

Kapitel fünfzehn

Zu Beginn der ersten großen Pause stand ich auf dem Schulhof und hielt Ausschau nach Paul. Pia hatte ihre Strickjacke verloren, sie war zur Fundkiste ins Sekretariat gegangen. Sobald Paul mit Nils aus dem Gebäude kam, heftete ich mich sofort an seine Fersen. Er warf mir einen abschätzigen Blick zu, bemühte sich dann aber, mich zu ignorieren. Als Nils freundlich »Hallo« zu mir sagte, wurde er von Paul geknufft und offensichtlich angewiesen, mich gar nicht zu beachten.

Aber nach drei Minuten drehte Paul sich wütend um.

»Sag mal, geht's noch?«

»Was denn?«

»Du folgst mir. Schon seit Beginn der Pause.«

»Und? Du weißt doch, dass ich offiziell beauftragt wurde, ein Auge auf dich zu haben und darauf zu achten, dass du nicht so viel Unsinn anstellst.«

»Das heißt ja nicht, dass du es auch tun musst.«

Ich grinste. »Ich helfe gern, weißt du doch.« Ehrlich gesagt tat ich es weniger, um meiner Mutter zu helfen, eher um Paul zu nerven.

»Letzte Warnung: Lass es!«, fauchte er.
»Sonst?«
Er war sichtlich wütend. Doch dann entspannte sich sein Gesicht plötzlich und er grinste. Diesen Gesichtsausdruck kannte ich, er bedeutete nichts Gutes.
Ich wurde unsicher. »Was hast du vor?«
Die Frage war überflüssig. Selbstverständlich antwortete er nicht. Und selbstverständlich ließ ich mich nicht von ihm einschüchtern. Ich folgte ihm weiter, bis es wieder zum Unterricht klingelte.
Pia kam fröhlich mit ihrer Strickjacke wedelnd auf mich zu. Als sie an Paul vorbeiging, fragte sie mich: »Wieso macht er so ein fröhliches Gesicht?«
»Ich weiß es nicht, aber es beunruhigt mich.«

Nachmittags trafen Pia und ich erste Vorbereitungen für die Berghof-Familien-Versöhnung, indem wir uns auf den Weg machten, um einen Bausatz für ein Modellschiff zu kaufen. Wir fragten in einigen Geschäften in der Stadt nach, doch die konnten uns nicht weiterhelfen. Schien nicht so populär zu sein.
Schließlich schlug uns eine Verkäuferin vor: »Probiert es doch mal bei dem alten Herrn Kaselow, der hatte ein kleines Spielwarengeschäft mit allerlei Krimskrams und der war auf Bastelbausätze für Schiffsmodelle spezialisiert. Ich glaube, der Laden existiert noch.«
Kaselows Laden gab es tatsächlich noch. Er lag in einem

Wohnviertel, in dem es früher viele kleine Geschäfte gegeben hatte, die aber im Laufe der Jahre fast alle zugemacht hatten, weil sie gegen die großen Ladenketten in der Innenstadt nicht konkurrieren konnten.

An der Ladentür hing eine Glocke, die anschlug, als wir die Tür öffneten. Der Raum war winzig, was aber vor allem daran lag, dass er völlig zugestopft war mit Zeug. In erster Linie alles, was mit Modellschiffen zu tun hatte. Die Regale standen so eng beieinander, dass man nur seitlich durchgehen konnte. Als wir uns bis zur Ladentheke vorgekämpft hatten, sahen wir einen kleinen älteren Mann, der regelrecht verblüfft schien, dass überhaupt jemand seinen Laden betrat.

»Hallo!«, sagte ich.

Er wollte zurückgrüßen, doch es kam nur ein Krächzen. Er räusperte sich und meinte: »Entschuldigung, meine Stimme ist nicht in Übung, seit zwei Tagen war niemand hier.«

»Oh, das tut mir leid.«

Er zuckte bloß die Schultern und meinte freundlich: »Ist eben so.« Dann sagte er: »Die Eisdiele ist ein paar Häuser weiter, am Ende der Straße.«

Hm. Was sollte denn diese Information? Ich sah Pia an, aber sie konnte damit ebenfalls nichts anfangen. Er bemerkte unsere Irritation und sagte: »Da wollt ihr doch bestimmt hin, oder?«

»Nein«, sagte ich strahlend, »wir wollten zu Ihnen!«

»Zu mir?« Er klang fast erschrocken.

Ich nickte eifrig. »Sie wurden uns empfohlen als der beste Laden in der ganzen Stadt, wenn man einen Bausatz für Modellschiffe sucht.« Ich fand, ein wenig Übertreibung war in diesem Fall erlaubt, und er freute sich sehr, das zu hören.

Stolz warf er sich in die Brust: »Das stimmt! Ich habe alles!«

Normalerweise würde ich so etwas nicht glauben, aber die Kartons waren bis unter die Decke gestapelt, also konnte es durchaus sein.

»Was sucht ihr denn?«

»Och, halt irgendein Schiff, das wir zusammenbauen können.«

»Irgendeins?« Er schien enttäuscht. Er wollte wohl eine schwerere Aufgabe.

Ich wandte mich einmal mehr Hilfe suchend an Pia.

Prompt sagte sie zu mir: »Wir nehmen in der Schule doch gerade Entdecker durch, wir könnten eins von diesen Schiffen nachbauen …«

Ich war begeistert. »Super Idee! Statt eines Referats bauen wir eins von den alten Schiffen und bringen es mit in die Schule.«

»Welches Schiff soll es denn sein?«, erkundigte er sich.

Tja, da hätte ich wohl besser aufpassen sollen in der Schule. Genau genommen fiel mir nicht mal ein Entdecker ein. Doch! »Christoph Columbus!«, rief ich. Aber das war nicht die Antwort auf seine Frage. »Also, sein Schiff.«

»Ah ja. Soll es sein Flaggschiff, die *Santa Maria*, oder eins der beiden Begleitschiffe, die *Pinta* oder die *Niña* sein?«

Pia kam mir zuvor: »Wir nehmen die *Santa Maria*, mit der ist er nach Amerika gesegelt. Also, er dachte, er wäre in Indien, aber … na egal.« Sie sah Kaselow an. »Die *Santa Maria* bitte.«

Er nickte. »Sehr gute Wahl. Die *Santa Maria* ist eine Karacke, die beiden anderen Karavellen. Karavellen sind kleiner als Karacken. Im 14. Jahrhundert wurde nämlich in den Mittelmeerländern ein neuer Schiffstyp mit Heckruder entwickelt, sie heißen Karavellen und besonders große Karavellen nennt man Karacken. Die *Santa Maria* war ein Dreimaster und hatte Platz für vierzig Seemänner. Die *Niña* und die *Pinta* konnten nur fünfundzwanzig Mann Besatzung unterbringen …«

Er brach ab, denn er sah unseren reglosen Gesichtern an, dass wir damit nicht allzu viel anfangen konnten. Ich hoffte sehr, er merkte nicht, dass es uns auch nicht die Bohne interessierte.

Ich beeilte mich zu sagen: »Das ist echt spannend, aber wir kennen uns mit Schiffen noch nicht gut genug aus, also …«

Er hob die Hand, um mich zu stoppen. »Kein Thema, junges Fräulein, ich verstehe.« Dann beugte er sich über die Ladentheke und sagte: »Ich weiß, ich rede zu viel. Ich lebe nämlich allein, und immer wenn mal jemand da ist, bin ich so froh, dass ich mich unterhalten kann, dass ich anfange, ohne Punkt und Komma zu erzählen.« Er schaute sich unsicher um. »Vielleicht kommen die Leute deshalb nicht mehr in meinen Laden.«

»Aber nein, ganz bestimmt nicht …«

Er unterbrach mich: »Ich mach mich gleich auf die Suche nach der *Santa Maria.*« Flink wieselte er hinter der Theke hervor und begann, die Regalreihen abzulaufen, Kartons herauszufischen, sie kopfschüttelnd wieder zurückzustellen und weiterzusuchen. Nachdem er bereits eine Viertelstunde erfolglos gesucht hatte, wollte ich ihn erlösen.

»Es muss nicht unbedingt die *Santa Maria* sein. Im Prinzip brauchen wir einfach nur ein Schiff.«

Doch er schüttelte energisch den Kopf. »Wer zu Kaselow kommt, wird nicht enttäuscht. Kaselow hat alles!« Dann erhellte sich sein Gesicht. »Ich muss es im Lager haben.« Er sah uns entschuldigend an. »Das kann jedoch etwas dauern, dort ist nicht alles so gut sortiert und übersichtlich wie hier im Laden.«

Ich hatte Mühe, nicht entsetzt die Augen aufzureißen. Das hier war gut sortiert und übersichtlich? Wie lange würden wir wohl warten müssen? Hatten wir genug Verpflegung für ein paar Tage dabei? Ich warf Pia einen gequälten Blick zu, sie nickte leidend, doch wir sagten beide ganz freundlich wie aus einem Munde: »Kein Problem.«

Er verschwand in einer Tür hinter der Theke.

Ich seufzte und flüsterte Pia zu: »Er tut mir leid. Vielleicht können wir ihm irgendwie helfen?«

»Wobei? Beim Suchen?«

»Nein, generell. Sein Laden läuft nicht. Auf den meisten Verpackungen liegt zentimeterhoch Staub.«

Pia grinste nur. »Mit Staub kennst du dich jetzt aus, was?«

Ich grinste zurück. »Ich würde ihm ja unsere staubfressenden Pflanzen schenken, aber erstens haben die schon bei dir ihren Job nicht so gut gemacht und zweitens passt hier ja kaum noch ein Strohhalm rein, geschweige denn Pflanzen.« Noch einmal schaute ich mich um. »Man sollte hier wirklich mal aufräumen und ein echtes System reinbringen, damit, wenn sich mal ein Kunde hier in den Laden verläuft, Kaselow auch was findet.«

Pia zog die Augenbrauen hoch. »Wird das unser nächstes Projekt?«

Ich sah sie bittend an. »Er ist so nett, ich würde ihm wirklich gern helfen.«

Pia nickte, denn sie wusste, dass ich bereits überlegte, wie man diese Hilfsaktion organisieren könnte.

»Wir müssen das irgendwie geschickt verpacken, damit er nicht merkt, dass wir ihm helfen wollen.«

Nun zog Pia ihre Augenbrauen noch höher. »Er soll nicht merken, dass wir ihm helfen wollen? Woran hast du gedacht? Es nachts heimlich zu tun und ihm zu erzählen, das wären die Heinzelmännchen gewesen?«

»Ach, Pia! Wir müssten es so anstellen, dass er glaubt, er tut uns einen Gefallen. Und bestimmt hat er nichts dagegen, Leute hier zu haben. Er hat ja schon gesagt: Er freut sich, wenn er mal mit jemand reden kann.«

Pia lachte. »Da bin ich aber gespannt, wie du das anstellen willst.«

»Ich auch.«

Bevor ich weiter darüber nachdenken konnte, erklang die Türglocke. Eine ältere Dame kam rein und fragte uns nach Kaselow.

»Er ist gerade im Lager und sucht etwas«, erklärte ich.

Sie winkte ab und wandte sich wieder zum Gehen. »Das dauert ewig, bis er da was findet. So viel Zeit hab ich nicht.«

»Halt!« Ich lief zu ihr, denn ich wollte auf keinen Fall einen der seltenen Kunden verlieren. »Ich hole ihn.«

»Nein, der unterbricht seine Suche nicht. Ein Kunde nach dem nächsten, das ist sein Motto.«

»Okay, dann … vielleicht können wir Ihnen ja helfen?«

»Arbeitet ihr hier?«

»Ähm … ja.«

Sie war etwas misstrauisch, aber dann meinte sie: »Ich brauche etwas für ein neunjähriges Mädchen.«

Na, das war doch leicht, was Mädchen mögen, wussten Pia und ich. Ich sah so unauffällig wie möglich an den Regalen entlang.

Pia erkundigte sich währenddessen bei der Dame: »Mag sie Handarbeit?«

Ich hatte einen Webrahmen entdeckt, zog ihn hervor und hielt ihn der Dame hin.

Sie schüttelte den Kopf. »Nein, ich glaube nicht.«

Ich stellte den Webrahmen zurück und kam mit einem

Puzzle wieder. »Hier hätten wir etwas mit süßen Kätzchen. Alle Mädchen lieben Katzen.«

»Ich glaube, sie hat eine Katzenhaarallergie«, sagte die Dame.

Ich verkniff mir, sie darauf hinzuweisen, dass ein Katzen-Puzzle wohl keine allergische Reaktion auslöst, und brachte es zurück.

»Liest sie gern?«, fragte Pia weiter.

Oh Mist, Bücher hatte ich hier noch nicht entdeckt. Und dann kam auch schon das »Ja« der Dame. »Am liebsten Geschichten über Feen.«

Alles klar, Fee war also mein neues Stichwort. Ich lief die Regale ab und kam mit reichlicher Beute zurück. Ich breitete alles auf der Ladentheke aus.

»Zum Thema Fee haben wir eine große Auswahl. Da wäre zum einen das Brettspiel *Feenreich in Gefahr*. Hier ein Puzzle mit drei kleinen Feen als Motiv, dann als Kartenspiel ein Feen-Quartett und hier sind Feenkostüme für Puppen.«

»Oh«, machte die Dame und schien sehr begeistert. »Ich kann mich gar nicht entscheiden. Was wird ihr wohl am besten gefallen?«

Ganz mutig schlug ich vor: »Kaufen Sie doch gleich zwei Geschenke, dann gehen sie auf Nummer sicher. Eins von beidem wird ihr bestimmt gefallen.«

Sie schüttelte den Kopf. »Nein. Ich nehme alles.«

Ich schluckte kurz, auch Pia riss erstaunt die Augen auf.

»Was macht das?«, fragte die Dame. Pia war in Mathe

besser als ich, daher fiel ihr die Aufgabe zu, alles zusammenzurechnen. Ich packte die Geschenke in eine Tüte und gab sie ihr. Als sie den Laden verlassen hatte, sahen Pia und ich uns strahlend an.

»Wir sind gut, nicht wahr?«

Pia nickte und hielt das Geld in die Höhe.

Als Herr Kaselow tatsächlich mit unserer *Santa Maria* zurückkam, erzählten wir ihm von unserem erfolgreichen Verkauf. Er war sehr beeindruckt und wollte uns unbedingt etwas von dem Geld abgeben.

»Schließlich habt ihr ja dafür gearbeitet.«

Wir leisteten heftigen Widerstand und versicherten ihm immer wieder, dass es uns ja Spaß gemacht hätte. Das brachte mich dann auf die Idee, wie ich ihm unsere Hilfe verkaufen könnte.

»Geld nehmen wir auf keinen Fall von Ihnen, aber Sie könnten uns einen wirklich großen Gefallen tun. Wir müssen von unserer Schule aus so eine Art Praktikum machen, also gelegentlich mal irgendwo arbeiten. Und wir wollten fragen, ob wir das bei Ihnen machen könnten. Ähm, und die Schule will nicht, dass wir dafür bezahlt werden«, fügte ich schnell noch hinzu.

Er zögerte, ich wusste nicht, ob es daran lag, dass er das Konzept nicht verstanden hatte, oder nicht wollte, dass wir in seinem Laden arbeiteten.

Ich erläuterte: »Wir würden dann, wann immer wir Zeit haben, bei Ihnen vorbeikommen und Ihnen hier im Laden helfen. Vielleicht ein bisschen sortieren und natürlich auch verkaufen.«

Da er immer noch nicht reagierte, bot ich als Bonbon an: »Und Sie können uns alles über Schiffe und so erzählen.«

Er strahlte. »Also, das wäre wunderbar!« Dann machte er ein strenges Gesicht. »Aber nur, wenn ich euch die *Santa Maria* schenken darf.«

Pia und ich sahen uns an. Schließlich nickten wir und bedankten uns für das Geschenk.

Zufrieden gingen wir und Herr Kaselow stand noch lange an der Tür und winkte uns hinterher.

Kapitel sechzehn

Auf dem Rückweg waren wir bestens gelaunt. Nachdem wir eine Weile gelaufen waren, kamen mir erste Bedenken.

»Ich weiß nicht, ob wir beide das allein schaffen, diesen ganzen Laden aufzuräumen und ordentlich zu organisieren.«

Pia grinste. »Ich denke, rechtzeitig zum Abitur sind wir damit fertig.«

»Haha«, machte ich bloß. »Nein, im Ernst, ich glaube, wir brauchen Verstärkung.«

»An wen denkst du dabei?«

»Paul und Nils.«

»Paul tut nichts, ohne dafür bezahlt zu werden.«

»Oder einen Vorteil für sich darin zu sehen.«

»Wie könnten wir es Paul schmackhaft machen?«

Ich dachte nach. »Na ja, ich könnte es einfach mal damit versuchen, ihm alles genau so zu schildern, wie es war, und ihn dann einfach bitten, mir zu helfen.«

»Aber sag nichts von wegen den Berghof-Brüdern und so.«

»Ja, besser nicht. Und was sag ich, wieso wir da waren?«

»Der fragt bestimmt nicht.«

»Und wenn doch?«

»Um die *Santa Maria* zu kaufen. Für die Schule.«

»Aber das haben wir für Herrn Kaselow erfunden.«

»Nur den Part mit dem Schiff, Entdecker nehmen wir doch wirklich durch.«

»Okay. Ich rede mit ihm, sobald ich zu Hause bin.«

Abends berichtete ich Paul in den schillerndsten Farben von einem Juwel von Spielzeugladen und unendlich vielen Schiffsmodellen und einem kleinen alten Mann, der dringend Leute braucht, die seinen Laden mal auf Vordermann bringen. Ich erzählte, dass Pia und ich ihm helfen werden, und schloss mit: »Und ich dachte, das wäre doch auch was für dich und Nils. Das macht bestimmt Spaß.«

»Nein, das klingt nach echter Arbeit. Kein Interesse.«

»Mensch, Paul! Ich will dem alten Herrn wirklich helfen. Der hat kaum Kunden und versinkt im Chaos. Irgendwann wird er den Laden aufgeben müssen.«

»Dann musst du halt für Kunden sorgen.«

»Ach ja? Und wie? Soll ich mit einem Megafon durch die Stadt laufen und rufen: Leute, kauft bei Kaselow?«

»Was du für blöde Ideen hast.« Dann richtete er sich plötzlich mit stolzgeschwellter Brust auf und meinte: »Dabei hast du zwei Journalisten in der Familie.«

»Was soll Paps denn tun? In seiner Serie schreibt er ausschließlich über die Natur und Tiere. Kaselow gehört nicht zu einer gefährdeten Tierart und sein Laden steht leider auch nicht unter Naturschutz.«

»Und was ist mit deinem Bruder?«, fragte er, ein wenig empört darüber, dass ich ihn gar nicht in Betracht gezogen hatte.

»Die Schülerzeitung? Was soll das denn bringen?«

»Mann, bist du dämlich.«

An dieser Stelle hätte ich normalerweise Krach mit ihm angefangen, aber ich hatte das Gefühl, er wollte auf etwas hinaus, was hilfreich sein könnte, also sollte ich ihn nicht verärgern.

So freundlich ich konnte, fragte ich: »Hast du eine Idee?«

»Nein, aber ich schreibe ja jetzt für die.«

»Und du würdest einen Artikel über den Laden machen?«

»Das ist voll lahm. Interessiert keine Socke.«

»Und wieso reden wir dann überhaupt darüber?«

Er grinste. »Ich hab nix Besseres zu tun …«

»Oh Mann, echt, du bist …«

Er hob die Hand. »Halt, warte mal, bevor du mich beleidigst und ich dann nicht mehr mit dir rede – ich hab da vielleicht doch eine Idee.«

Gespannt horchte ich auf. Oder wollte er mich nur reinlegen?

»Er ist auf Modellbau spezialisiert?«, fragte er.

»Schiffe.«

»Hat er auch Piratenschiffe?«

»Also, wenn es die in echt gab, hat er sie. Bin ich mir ziemlich sicher.«

Paul überlegte noch eine Weile, dann meinte er: »Ich kann etwas für dich tun. Aber unter einer Bedingung.«

»Welche?«

»Du hörst auf, mich zu verfolgen und zu kontrollieren.«

Das brachte mich in einen kleinen Gewissenskonflikt, aber dann dachte ich, es ist wichtiger, Herrn Kaselow zu helfen, als für Paul den Babysitter zu spielen.

Ich nickte zögernd. »Könnte ich mich drauf einlassen, aber erst sagst du mir genau, was du vorhast.«

Paul grinste, er schien von seiner eigenen Idee sehr angetan zu sein. »Ich soll doch was über Papageien schreiben.«

»Ähm ja, und was hat das mit Schiffen zu tun?«

»Ich schreibe einen Artikel über Piraten. Das hat mit beidem zu tun. Piraten haben doch immer Papageien auf der Schulter sitzen und Piraten brauchen Schiffe.«

»Aha. Und du willst in einem Piraten-Artikel auch gleich das Papageien-Schutzzentrum einbauen und Kaselows Laden?«

Paul nickte. »Genau.«

Ich hatte Zweifel. Er sah es und winkte ab. »Keine Sorge, das krieg ich hin!«

Hm. Na ja, also wenn es jemand schafft, dann Paul. Plötzlich war ich begeistert. Wenn er nicht mein nerviger kleiner Bruder wäre, wäre ich ihm um den Hals gefallen. Ich wollte ihn loben, aber das war nicht nötig, er tat das schon selbst.

»Das ist eine echt geniale Idee«, fuhr er fort. »Vor allem für deinen Schiffsverkäufer. Bei einer Schülerzeitung wird genau seine Zielgruppe angesprochen. Das wird seinen Laden beleben. Der wird schon bald einen größeren eröffnen müssen, wenn mein Artikel erschienen ist.«

Das war wieder mal eine Paul-mäßige Übertreibung. Aber er hatte recht, könnte wirklich sein, dass Pauls Artikel genug Interesse am Schiffsmodellbau weckt, und wenn er auch gleich schreibt, wo man die Sachen kaufen kann, kommen vielleicht tatsächlich mehr Kunden in den Laden.

Ich sah ihn dankbar an. »Das ist oberklasse! Danke, Paul.« Dann fragte ich misstrauisch: »Du willst doch dafür jetzt nicht etwa von mir bezahlt werden?«

Tatsächlich überlegte er und ich sah schon mein letztes Geld in Pauls Tasche wandern.

»Nein. Aber wenn mein Plan aufgeht, will ich von Kaselow kostenlos ein Modell von der *Queen Anne's Revenge*, das war das Schiff von Captain Blackbeard, dem gefürchtetsten Piraten an den Küsten Nordamerikas und den Westindischen Inseln.«

Ich war vollkommen perplex. »Du kennst dich da aus?«

»Jeder Junge kennt sich mit Piraten aus. Oder interessiert sich zumindest dafür.« Er grinste. »Deshalb ist mein Plan ja auch so schlau.«

»Hör mal, du solltest definitiv mal mit Kaselow reden, der würde sich riesig freuen, sich mit einem Fachmann zu unterhalten.«

»Du musst mir nicht mehr schmeicheln, ich hab schon gesagt, ich mach's. Du musst nur noch klären, dass ich die *Queen Anne's Revenge* bekomme.«

»Mach ich. Und danke.«

In dem Moment kam mein Vater ins Wohnzimmer, sah uns beide und wurde etwas unruhig.

»Was ist los?«, fragte er.

»Was soll sein?«

»Ihr … seht so friedlich aus. Und ihr unterhaltet euch miteinander und keiner schreit den anderen an oder beleidigt ihn.«

»Na hör mal, ich bin immer nett zu Paul, aber der fängt ständig Krach an.«

»Ist doch gar nicht wahr!«, meinte Paul sofort. »Luna ist ununterbrochen am Rummeckern mit mir. Und zwar völlig ohne Grund!«

»Von wegen! Du nervst und startest immer irgendwelche Aktionen, um mich reinzulegen.« Wir sahen uns wütend an.

Mein Vater entspannte sich und lächelte. »Ja, das sind die Kinder, die ich kenne.«

Als ich Pia am nächsten Morgen auf dem Weg zur Schule von Pauls Idee erzählte, war sie sehr beeindruckt von ihm. »Also, wenn er das macht, hat er was gut bei uns.«

»Was denn?«

»Na ja, wenn er das nächste Mal was anstellt, machen wir ihm keinen Stress?«

»Also, ich will mich da nicht festlegen, er bringt mich ziemlich oft in Schwierigkeiten.«

»Schon, aber diesmal würde er helfen, ohne Geld von dir dafür zu verlangen, das ist doch schon ein Fortschritt.«

Etwas widerstrebend meinte ich: »Okay.« Dann fiel mir ein: »Nur leider haben wir immer noch niemanden, der uns im Laden hilft.«

Pia nickte, dann blieb sie stehen. »Weißt du, wen wir fragen könnten?« Sie wartete meine Antwort nicht ab, sondern fuhr gleich fort: »Jakob und Elias. Ich meine, wenn die sowieso Schiffe bauen, dann muss das dort doch so was wie ein Paradies für sie ein. Und da sie Ahnung haben, könnten sie auch gut den ganzen Schiffskram mal sortieren und sinnvoll ordnen.«

Ich war begeistert. »Perfekt!«

»Ich rufe Jakob an und lade sie zu mir ein. Und dann, wenn wir das Columbus-Schiff zusammenbauen, tasten wir uns da mal so langsam vor und fragen sie.«

Ich nickte. »Guter Plan.«

Kapitel siebzehn

Drei Tage später warteten Pia und ich aufgeregt bei ihr zu Hause auf die Berghof-Brüder. Pia hatte Jakob von unserem erfundenen Schulprojekt erzählt und gefragt, ob er und sein Bruder uns wohl helfen könnten. Jakob war sofort dazu bereit. Sie wollten um fünf kommen, und da Pia und ich irgendwie immer noch im Hausfrauen-Modus waren, hatten wir überlegt, was man Gästen zu essen anbietet, die um fünf Uhr kommen. Wir hatten uns für Pizza entschieden, fertigen Teig gekauft und bereiteten gerade den Belag vor, als es klingelte. Die Jungs waren eine halbe Stunde zu früh.

»Ich mach noch schnell die Pizza fertig«, meinte Pia. »Kümmere du dich um die Gäste.«

Ich öffnete die Tür und führte die beiden ins Wohnzimmer. Elias grüßte nur spärlich und schwieg, Jakob sah sich um, redete, stellte Fragen, dann erkundigte er sich nach Pia.

»Die ist in der Küche, bereitet Pizza vor.«

»Cool, ich helf ihr«, sagte er und ging.

Na super, nun stand ich mit dem wortkargen Elias da. Während ich noch überlegte, worüber ich mich mit ihm unterhalten könnte, sagte er: »Ihr müsst also ein Schiff zusammenbauen?«

Ich war sehr froh, dass er redete, wollte loslegen und erzählen, aber dann dachte ich, ich könnte ihn durch zu viel Gequatsche vielleicht verschrecken, also nickte ich nur.

»Schon merkwürdig, dass eure Schule euch statt Referaten Schiffe bauen lässt.«

»Ja, das ist merkwürdig«, bestätigte ich. »Aber was sollen wir tun? Ist halt so.«

»Habt ihr so was schon mal gemacht?«

»Was?«

»Na ein Schiff nach Anleitung zusammengebaut.«

»Nein.«

Pia kam zurück und begann den Tisch zu decken, Jakob half ihr.

»Was für ein Schiff habt ihr denn ausgesucht?«, fragte Elias weiter.

»Die *Santa Maria*.«

Jakob grinste. »Nach der Arche ist die *Santa Maria* bestimmt das bekannteste Schiff der Welt.«

Ich sah Pia begeistert an und sagte: »Wenn wir Noah in der Schule durchnehmen, bauen wir die Arche nach. Vielleicht könnt ihr uns da ja auch helfen.«

Ihr merkwürdiger Blick sagte mir, dass wir eigentlich nicht vorhatten, uns ein neues Hobby zuzulegen.

»Aber jetzt ist erst mal Columbus dran«, meinte ich dann schnell.

Jakob sagte: »Die *Santa Maria* war das Flaggschiff seiner Flotte. Sie hatte hundert Tonnen Gewicht und zweiundfünfzig Mann Besatzung. Es hatte sogar noch zwei Begleitschiffe.«

Ich war ganz happy, als mir einfiel, was Herr Kaselow uns erzählt hatte. »Die anderen beiden waren die *Pinta* und die *Niña*.«

»Du kennst dich aus«, lobte mich Jakob.

Durch das Lob angespornt kramte ich in meinem Gedächtnis. »Man nennt sie auch Karamellen.«

»Karavellen«, korrigierte mich Elias. »Zeig mal den Bausatz.«

Ich sah Pia an. Wo war das Teil noch mal? Wir hatten an alles gedacht, bloß nicht an das Schiff.

»Das ist noch bei dir«, fiel Pia schließlich ein.

»Oh, stimmt. Dann essen wir halt erst mal Pizza. Ist selbst gemacht.«

»Also, ich würde lieber erst das Schiff ansehen. Deshalb sind wir ja hier.«

»Klar. Ich hole es.«

Ich sauste rüber in unser Haus, und als ich zurückkam und es präsentierte, schüttelte Elias den Kopf.

»Das ist nichts für Anfänger.«

Jakob meinte: »Aber die *Santa Maria* gibt es auch als Junior-Bausatz für Kinder ab acht.«

»Hättet ihr besser mal das gekauft«, ergänzte Elias.

»Vielleicht könnt ihr es ja umtauschen«, schlug Jakob vor.

Pia schüttelte den Kopf. »Das geht leider nicht.«

»Bis wann muss es fertig sein?«, erkundigte sich Jakob.

»Nächste Woche«, sagte ich unbedacht.

Elias rief: »Wow! Das kriegt ihr nicht hin, vergesst es.«

»Na ja wir könnten vielleicht um eine Verlängerung bitten. Wie lange dauert es denn, bis man so ein Schiff fertig hat?«

»Damit habt ihr ein paar Wochen zu tun. Das ist nicht so schnell nebenher mal an einem Wochenende zu machen.«

»Wochen? Bist du sicher?«

»Allerdings. Ihr müsst ja zwischendurch auch noch zur Schule gehen.«

»Oh Mann!«

Jakob sah seinen Bruder an. »Und wenn wir es für sie zusammenbauen?«

»Bis nächste Woche?« Er schüttelte vehement den Kopf.

Ich fragte: »Kann man die auch fertig kaufen?«

»Klar, aber wo bleibt da der Spaß?«

Tja, auf der Strecke, wobei es Pia und mir nicht darum ging, Spaß zu haben.

Ich war etwas entmutigt. Wochenlanges Bauen, nee, daran hatte ich wirklich kein Interesse. Dann fiel mir ein, dass wir es nicht wirklich brauchten und es deshalb egal war, ob es fertig würde oder nicht. Es diente ja nur als Vorwand.

»Na ja«, meinte ich dann. »Wir könnten trotzdem schon mal anfangen, dann sehen wir weiter. Ich klär das irgendwie mit der Schule.«

Es fiepte in der Küche, Pia stand auf. »Die Pizza ist fertig.«

Dann waren wir erst mal mit essen beschäftigt, Elias verfiel in Schweigen, dann sah er plötzlich auf und sagte: »Ich mach euch einen Vorschlag: Wir haben die *Santa Maria* schon fix und fertig zusammengebaut. Es ist genau dasselbe Modell wie dieses hier. Wenn ihr wollt, könnt ihr unser Schiff haben und wir nehmen das hier mit und bauen es für uns zusammen.« Er warf seinem Bruder einen fragenden Blick zu, der nickte.

Ich war begeistert. »Was, im Ernst? Mann, das ist echt supernett!«

Jakob meinte: »Wir haben ja auch was davon, wir bauen gern Schiffe, aber wir müssen immer warten, bis wir wieder genug Geld gespart haben, um uns einen neuen Bausatz kaufen zu können.«

Das war ein gutes Stichwort für das Kaselow-Hilfsprojekt.

»Wo kauft ihr denn eure Schiffe?«

»Online.«

»Also, es gibt hier in der Stadt einen kleinen Laden, der ist auf Bausätze für Modellschiffe spezialisiert. Ihr könntet eure Modelle auch dort kaufen. Herr Kaselow würde sich bestimmt über neue Kunden freuen.«

»Können wir machen, sobald wir wieder genug Geld zusammenhaben fürs nächste Schiff.«

»Oder aber«, ich tat, als überlegte ich, »vielleicht könntet ihr in seinem Laden aushelfen und er bezahlt euch, indem er euch ein Schiffsmodell schenkt.«

Nun sahen sie mich merkwürdig an. »Wer würde denn so was machen?«

»Na, Herr Kaselow. Er hat uns dieses Schiff geschenkt, weil wir für ihn ein paar Sachen verkauft haben.«

Pia half mit: »Er braucht nämlich dringend Hilfe. Sein Laden ist das reinste Chaos, er ist zu alt und allein und kriegt das nicht in den Griff. Wir haben versprochen, ihm ein bisschen im Laden zu helfen.«

Nun übernahm ich wieder. »Wenn ihr wollt, können wir ihn ja mal fragen, ob ihr auch mithelfen dürft.«

Elias sagte zu Jakob: »Das wär schon cool, oder?« Jakob nickte.

Ich war sehr zufrieden. »Pia und ich werden mal mit ihm reden und sagen euch dann Bescheid.«

»Okay«, meinte Elias und es sah aus, als wolle er nun aufbrechen. »Dann nehmen wir also euren Bausatz mit und bringen euch unser Modell vorbei.«

Ich nickte. »Super! Wann?«

»Ihr braucht es nächste Woche?«

»Ähm, ja.«

»An welchem Tag?«

Ich sah Pia an, sie zuckte mit den Schultern.

»Dienstag?«, schlug ich vor. Sie nickte.

»Gut, dann bringen wir es euch am Montag. Wieder gegen fünf?«

»Klar.«

Irgendwie hatte ich das Gefühl, dass wir etwas vergessen

hatten. Da fiel es mir plötzlich siedend heiß ein. Ich gab Pia ein Zeichen, mich in der Küche zu treffen. Schnell ging ich raus und wartete nervös. Hatte sie verstanden, was ich wollte? Wenn ja, ließ sie sich aber ziemlich viel Zeit. Ich wollte schon zurückgehen, da kam sie in die Küche.

»Wo bleibst du denn? Die beiden wollen sich verabschieden.«

Schnell zog ich sie in eine Ecke und flüsterte: »Weißt du, was wir völlig vergessen haben?«

»Nein.«

»Himmel! Der Grund, weshalb wir sie ursprünglich überhaupt einladen wollten, und wieso wir das Schiff gekauft haben!«

Nun fiel es auch Pia ein. »Ach herrje! Die Oma-Nummer.« Pia schimpfte: »So was Dummes aber auch! Dabei war das der Grund, weshalb wir diese ganze Aktion überhaupt gestartet haben.«

»Sollen wir einfach jetzt schnell mit ihnen rübergehen und bei Frau Berghof klingeln?«

»Ich weiß nicht, das ist etwas holterdiepolter, vielleicht hätten wir es vorbereiten müssen …«

»Schon, aber jetzt sind sie hier, und dann hätten wir es hinter uns und könnten das schon mal abhaken.«

Pia schien nicht sehr zufrieden zu sein mit meinem Vorschlag. »Die kommen doch wieder. Lass es uns am Montag machen. Da bleibt uns auch noch Zeit zu überlegen, wie wir vorgehen wollen.«

Der Vorschlag gefiel mir. »Sollen wir was zu ihnen sagen, also etwa, wir hätten eine Überraschung für sie?«

»Nein, du musst sie ja nicht herlocken – sie kommen auf alle Fälle.«

»Ja gut. Ist auch vielleicht schlauer, wenn wir vorher einen Plan machen. Wir müssen überlegen, ob es besser ist Frau Berghof hierher zu holen oder die beiden Jungs gleich in das Haus ihrer Oma zu führen.«

»Ich glaube, es ist besser, wenn wir mit ihnen zu Frau Berghof gehen. Dann können wir uns gleich wieder zurückziehen und die Familie allein lassen.«

»Gute Idee.«

Jakob kam in die Küche. »Ich will euch ja nicht stören, aber wir sollten jetzt echt gehen.«

Ich erschrak ein wenig und war unsicher, ob er etwas von unserem Gespräch gehört hatte. Sollte ich ihn fragen?

»Danke noch mal für die Pizza. War echt lecker.« Er benahm sich ganz normal.

Ich entspannte mich.

»Nein, wir müssen euch danken, dass ihr uns aus der Patsche helft.«

»Kein Ding. Es macht uns ja Spaß, Schiffe zu bauen.«

Wir begleiteten die Jungs vor die Haustür und sahen ihnen nach, bis sie um die Ecke gebogen waren. Und genau um diese Ecke kam plötzlich Frau Berghof.

»Oh mein Gott!«, rief ich aufgeregt. »Sie müssen sich gesehen haben.«

Pia nickte, sie war ebenso aufgeregt, doch dann meinte sie: »Aber sie haben sich nicht erkannt.« Sie sah mich an: »Von wegen die *Stimme des Herzens* spricht.«

Ich war enttäuscht.

Nun war Frau Berghof bei unserer Haustür angekommen.

Ich war supernervös und brachte kaum ein »Hallo, Frau Berghof« heraus.

»Hallo, wie ist die Sache mit dem Papagei ausgegangen?«

Statt zu antworten, fragte ich aufgeregt: »Haben Sie die beiden Jungs eben gesehen?«

»Wieso?«

»Na, das sind …«

Pia stieß mir heftig in die Seite und sagte schnell: »Freunde von uns.«

»Und wieso würde mich das interessieren?«

Ich war immer noch etwas durcheinander, daher antwortete Pia: »Weil … weil die jetzt öfter kommen.«

»Ist mir völlig egal, solange die nicht auch in meinem Garten herumlaufen.«

»Das tun sie bestimmt nicht, die beiden sind supernett«, versicherte ich ihr.

»Ich hab dich nach dem Papagei gefragt.«

»Ach so, ja, dem geht's gut. Der ist jetzt in einem Papageien-Hotel oder Camp oder so, die sorgen dort gut für ihn.«

Sie nickte, ging zu ihrer Haustür, schloss auf und zog wortlos die Tür hinter sich zu.

Ich seufzte. »Also die erste Begegnung zwischen Oma und Enkelsöhnen ist jetzt nicht besonders gut verlaufen.«

»Das zählt nicht«, tröstete mich Pia. »Nächste Woche stellen wir sie einander vor.«

Kapitel achtzehn

Gleich am nächsten Tag gingen wir zu Herrn Kaselow. Er freute sich sehr, uns zu sehen, hielt unser Erscheinen aber wohl für einen Besuch.

Er rief: »Oh, wenn ich gewusst hätte, dass ihr kommt, hätte ich vom Bäcker ein paar Stückchen geholt.«

Pia und ich sahen uns verzückt an: Meine Güte, war der alte Mann süß!

»Na ja, wir sind eigentlich gekommen, um ein wenig zu arbeiten.« Ich sah mich im Laden um.

»Dann wollen wir mal anfangen, ein bisschen zu sortieren und aufzuräumen.«

»Ach nein, ist nicht nötig. Setzt euch einfach und wir reden ein bisschen. Ich hole zwei Stühle.«

»Nein! Wir sind wirklich nicht zum Plaudern da.«

Er war sehr verblüfft. »Sondern?«

»Sie brauchen ein neues Ordnungssystem.«

»Wieso das denn?«

»Damit sie konkurrenzfähig werden. Andere Geschäfte sortieren ihre Waren, sodass man Dinge schneller findet.«

Pia nickte und führte aus: »Also, wir räumen alle Puzzles in ein Regal, alle Brettspiele in ein anderes, alles, was mit Puppen zu tun hat, bekommt ein eigenes, übersichtliches Regal. Wir malen große Schilder, damit man auf einen Blick sieht, wo etwas steht. Und auch bei den Schiffen wäre es gut, wenn die alle zusammen stehen würden. Vielleicht kann man die sogar auch noch nach Kategorien ordnen.«

Kaselow sah uns groß an. »Das ist nicht nötig. Das hat die ganzen Jahre gut funktioniert und ich habe ja genug Zeit, nach Sachen zu suchen, wenn ein Kunde etwas möchte.«

Sollte ich ihm sagen, dass nicht alle Kunden die Geduld aufbringen würden, auf etwas zu warten, bis er es in dem Chaos gefunden hatte? Dann fiel mir unser Schulprojekt ein.

»Aber wir haben Ihnen doch von unserem Schulprojekt erzählt. Wir müssen für die Schule nachweisen, dass wir wirklich gearbeitet haben. Wir würden jetzt ein Foto machen und ein Foto danach. Also: vorher – nachher.«

»Sie würden uns damit wirklich sehr helfen«, meinte Pia.

Da zuckte er mit den Schultern und meinte: »Also, wenn euch das hilft, soll es mir recht sein.«

Während Pia und ich anfingen, sagte ich zu ihm: »Mein kleiner Bruder will in unserer Schülerzeitung einen Artikel schreiben und Ihren Laden erwähnen, besonders ihre Modellbauschiffe.«

»War er schon mal hier?«

»Nein, ich habe ihm davon erzählt.«

»Er soll mal kommen und sich alles ansehen.«

»Ja, das richte ich ihm gern aus.« Wäre jetzt der Moment, zu erwähnen, dass Paul dafür ein Piratenschiff haben will? Nein, besser jetzt erst mal noch Jakob und Elias ins Spiel bringen.

»Ach übrigens, zwei Freunde von uns sind begeisterte Modellschiffbauer. Dürfen die mal vorbeikommen?«

Er sah mich etwas erstaunt an. »Also, du weißt schon, dass das hier ein Geschäft ist, wo jeder vorbeikommen kann?«

Ja, das war wirklich eine merkwürdige Frage. War ich nicht gut in Form, oder war die Sache mit Herrn Kaselow besonders schwierig?

»Was Luna damit meinte, war, ob die hier auch in Ihrem Laden helfen dürfen?«

»Aber ich brauch doch gar keine Hilfe.«

Da wir ihn nun etwas irritiert ansahen, erklärte er: »Ich hab kaum Kunden.«

Das war ein gutes Stichwort. »Ja, aber das wird sich bestimmt ändern, wenn erst mal der Artikel von meinem Bruder erschienen ist. Dann kommen mehr Leute hierher. Und dann sind Sie froh, wenn Sie etwas Hilfe haben.«

Pia fügte hinzu: »Auch jetzt wäre es doch gut, wenn noch jemand im Laden wäre, dann könnten Sie den Laden tagsüber mal verlassen und müssten nicht jedes Mal das *Geschlossen*-Schild hinhängen und verpassen dadurch Kunden.«

Er überlegte. »Ja, aber ich kann mir keine Angestellten leisten, das Geschäft wirft kaum noch etwas ab.«

Ah, jetzt war es endlich so weit. »Sehen Sie, deshalb wären Elias und Jakob perfekt dafür, die wollen nämlich kein Geld, die beiden sind froh, wenn Sie ihnen gelegentlich mal ein Modellschiff schenken.«

Ungläubig fragte er: »Seid ihr sicher?«

Ich nickte eifrig und schubste Pia an, ebenfalls zu nicken. Was sie auch fleißig tat.

Trotz unserer heftigen Bestätigung fragte er noch einmal: »Wirklich?«

»Ja. Echt. Die beiden lieben es, Schiffe zu bauen. Das ist ihr Hobby. Und sie könnten auch mit Ihnen fachsimpeln«, bot ich noch als zusätzlichen Anreiz an.

Es funktionierte. Er strahlte. »Das klingt gut, die zwei sollen kommen.«

Na super, das wäre also eingetütet.

Pia und ich versuchten, so gut es ging, ein wenig Ordnung zu schaffen, aber da er die meiste Zeit hinter uns herlief, um mit uns zu plaudern, kamen wir nicht allzu schnell voran. Aber das war egal, denn Herr Kaselow schien glücklich, er war mopsfidel und erzählte Geschichten aus seiner Jugend. Also auch ohne Aufräumen, taten wir ein gutes Werk.

Als wir uns später verabschiedeten, fragte ich: »Haben Sie eigentlich die *Queen Anne's Revenge?*«

»Du meinst das Schiff von Captain Blackbeard?«

»Ja.«

»Du weißt, dass er ein Pirat war?«

»Ja. Von meinem Bruder. Der schreibt über Piraten und ihre Schiffe.«

Ich hatte entschieden, das Schiff für Paul zu kaufen, wenn es nicht so teuer wäre, denn ich wollte Herrn Kaselow nicht fragen, ob er es ihm schenken würde.

Er ließ mich einfach stehen und wieselte davon.

Ich sah Pia an und flüsterte: »Hab ich was Falsches gesagt?«

Sie schüttelte den Kopf. »Nein, ich glaube nicht.«

»Was machen wir denn jetzt? Gehen wir einfach?«

»Na, warten wir noch mal. Vielleicht kommt er ja wieder. Wird schon nicht so werden wie mit der Omi und ihrem Hund neulich …«

Es dauerte ziemlich lange, bis er zurückkam. Und zwar mit einem Karton im Arm, den er mir überreichte.

»Dann solltest du ihm das hier mitnehmen. Das wird ihm gefallen.« Es war die *Queen Anne's Revenge* als Bausatz.

»Was kostet das?«

»Oh, nichts. Das schenke ich ihm.«

Eigentlich hätte ich ihm gern gesagt, dass es kein Wunder ist, dass er nichts verdient, wenn er all die Sachen einfach verschenkt. Aber ich war so froh darüber, dass ich nichts bezahlen musste, dass ich ihn einfach nur umarmte und ihm dankte.

»Auf bald! Ich freue mich, wenn ich Besuch bekomme.«

Auf dem Heimweg rief Pia Jakob an und berichtete ihm

von unseren Verhandlungen mit Herrn Kaselow. Die Berghof-Brüder hatten zweimal die Woche nachmittags Zeit, wir entschieden, dass wir nicht zur selben Zeit dort sein sollten, weil der Laden so klein war, dass sich fünf Menschen dort nicht gleichzeitig aufhalten konnten. Außerdem musste man ja damit rechnen, dass tatsächlich auch mal Kunden kommen würden, nicht dass gerade die dann draußen vor der Tür bleiben und uns ihre Wünsche zurufen müssten. Das fanden wir nicht ideal.

Kapitel neunzehn

Pauls Artikel über die Piraten war als Post auf der Facebook-Seite der Schülerzeitung inzwischen erschienen und die ersten Schüler kamen in Kaselows Laden, um Piratenschiffe zum Selberbauen zu kaufen. Es waren nicht so viele, wie Paul prophezeit hatte, aber Kaselow war völlig aus dem Häuschen, dass sich junge Leute für Modellbau interessierten. Und er war sehr froh darüber, dass Elias und Jakob die Sektion mit den Schiffen so gut sortiert hatten, dass er fast immer auf einen Griff das Gewünschte fand.

Jakob hatte Pia angerufen und sich bedankt, dass wir das mit Kaselow für sie arrangiert hatten, es machte ihnen superviel Spaß, mit dem alten Mann Zeit zu verbringen und über Schiffe zu fachsimpeln.

Heute wollten sie uns ihre *Santa Maria* vorbeibringen.

Diesmal hatten wir sorgfältig ein Treffen mit Frau Berghof vorbereitet. Pia hatte gefragt, ob sie am späten Nachmittag zu Hause wäre. Sie gab vor, ihr einen selbst gebackenen Kuchen vorbeibringen zu wollen, um sich dafür zu bedanken, dass sie damals ihre Putzfrau rübergeschickt hatte.

Frau Berghof meinte zwar zunächst, das sei nicht nötig, aber Pia blieb eisern, sodass sie sich schließlich umstimmen ließ.

Unser Plan sah vor, zusammen mit den Jungs dort zu erscheinen, und da wir ja einen Kuchen hatten, diesen dann gemeinsam zu essen und die Familienzusammenführung zu feiern.

Wir hatten einen Marmorkuchen gebacken, ohne die Küche in Brand zu setzen, worauf wir sehr stolz waren. Nun warteten wir aufgeregt auf Jakob und Elias. Immer wieder guckte ich aus dem Küchenfenster, ob sie schon im Anmarsch wären. Dann sah ich sie um die Ecke biegen, mit dem Schiff im Arm.

»Sie kommen!«, teilte ich Pia mit.

Dann passierte etwas Unerwartetes. Ich sah, wie Frau Berghof ihr Haus verließ und mit strammen Schritt und einer Zeitung in der Hand auf Pias Haus zukam. Vor der Tür traf sie mit den Jungs zusammen.

Ich hielt die Luft an. Die drei redeten miteinander.

»Komm schnell her und schau mal!« Pia und ich beobachteten gebannt das Geschehen.

Ich drehte mich zu Pia und strahlte. »Sie haben sich erkannt! Wetten?«

»Na ja, zumindest scheint Frau Berghof sehr freundlich zu ihnen zu sein.«

Ich nickte. »Ist mir auch schon aufgefallen. Das ist ein gutes Zeichen!«

Nach einer Weile wurde ich ungeduldig. »Wieso kommen die nicht rein? Sollen wir ihnen den Kuchen rausbringen?«

»Wir können auch bei uns den Tisch decken und hier den Kuchen essen. Jetzt brauchen wir keinen Vorwand mehr, um sie zusammenzubringen.«

»Aber vielleicht wollen sie lieber im Haus ihrer Großmutter sein.«

»Ja, stimmt. Warten wir einfach ab. Und fragen sie.«

Endlich setzten sie sich in Bewegung und klingelten.

Ich riss die Tür auf und strahlte alle drei an. Frau Berghof erwiderte mein Strahlen nicht, im Gegenteil, sie blickte vorwurfsvoll drein. Wahrscheinlich, weil sie sich darüber ärgerte, dass wir ihr nicht schon früher von ihren Enkeln erzählt hatten.

»Ich kann das erklären«, meinte ich versöhnlich. »Wir wollten, dass es eine Überraschung ist.«

»Es ist keine Überraschung, es ist eine Frechheit! Dein Vater hätte um Erlaubnis fragen müssen.«

»Mein Vater? Der hat doch gar nichts damit zu tun!«

»Ach ja? Sein Name steht darunter und außerdem habe ich ihn ja in meinem Garten erwischt.«

Wovon sprach diese Frau?

»Aber freuen Sie sich denn gar nicht? Nach all den Jahren!«

Frau Berghof sah mich an, als hätte ich nicht mehr alle Tassen im Schrank.

Pia wollte etwas Frieden in die Sache bringen und winkte alle ins Haus. »Wir haben Kuchen gebacken. Wieso setzen wir uns nicht hin und besprechen das in Ruhe.«

Die Jungs waren etwas irritiert über Frau Berghofs Reaktion, das konnte ich gut verstehen. Da lernt sie endlich ihre Enkelsöhne kennen und meckert mich an. Aber brav kamen alle ins Haus.

Frau Berghof knallte die Tageszeitung auf den Esstisch und schimpfte weiter auf mich ein. »Ich hab schon bei euch drüben geklingelt, aber es ist niemand da. Dann hörst du dir das jetzt an und richtest es deinem Vater aus.«

»Mein Vater hat damit nichts zu tun, es war meine Idee.«

Tapfer pflichtete Pia mir bei: »Und meine. Wir dachten wirklich, dass Sie sich drüber freuen würden.«

Den Jungs gefiel das Gezicke wohl nicht, Elias meinte: »Also, wir wollten eigentlich nur die *Santa Maria* vorbeibringen.« Er stellte das Modell auf den Tisch. »Wir gehen dann jetzt besser wieder.«

»Aber nein! Bleibt hier! Ihr solltet Zeit mit eurer Großmutter verbringen. Deshalb haben wir doch die ganze Aktion gestartet.«

Alle starrten mich an, als ob ich den Verstand verloren hätte.

»Oh!« Ich blickte zwischen den Jungs und Frau Berghof

hin und her. »Ich dachte, ihr hättet es schon herausgefunden. Ihr habt doch ziemlich lange vor der Tür miteinander gesprochen.«

Jakob machte nun ein ähnlich strenges Gesicht wie seine Oma. »Ja, über die *Santa Maria*. Eure Nachbarin hat mal den Nachbau in Barcelona besichtigt.«

Ich lachte. »Okay, das war dann ein Missverständnis. Ich hatte angenommen … Egal.« Dann schaute ich bedeutungsvoll in die Runde, zeigte auf die Berghof-Brüder und wandte mich an Frau Berghof. »Darf ich vorstellen: Ihre Enkelsöhne Elias und Jakob.«

Ihr fiel die Kinnlade herunter.

Die Jungs wichen beide vor mir zurück und linsten verstohlen zur Tür, so als ob sie nun flüchten wollten.

Frau Berghof warf dramatisch die Arme in die Luft. »Wie kommst du denn auf so eine absurde Idee?«

Ich war etwas gekränkt. »Na, weil sie doch denselben Nachnamen haben! Und sie haben zwei Enkelsöhne und sie sind traurig darüber, dass sie die beiden nicht kennen. Ich weiß ja nicht, was dazu geführt hat, dass Sie sich mit Ihrem Sohn zerstritten haben, aber ich dachte, Ihre Enkel sollten darunter nicht leiden. Deshalb hatten Pia und ich überlegt, wäre es doch schön, wenn wir eine Familienzusammenführung organisieren könnten.«

Frau Berghof stöhnte auf und setzte sich. Die Jungs sahen sich an und machten sich gegenseitig Zeichen, dass ich wohl ein Rad abhätte und sie am besten jetzt unauffällig verschwinden sollten. Sie wollten gerade zur Tür laufen, doch Frau Berghof hatte das mitbekommen, drehte sich zu ihnen und fragte streng: »Haltet ihr mich etwa für eure Großmutter?«

Beide verzogen das Gesicht und sagten zeitgleich: »Nein.« Jakob ergänzte: »Wir haben keine Großmutter mehr, beide Omas sind schon gestorben.« Dann deutete er mit dem Daumen auf mich und meinte: »Und damit haben wir nichts zu tun. Das war ihre Idee.«

Nun drehte Frau Berghof sich zu mir um. »Woher wisst ihr überhaupt, dass ich Enkel habe?«

Ich war nicht so ganz sicher, ob ich unsere Quelle preisgeben sollte, aber da sie mich unverwandt und sehr streng musterte, murmelte ich schließlich: »Irina …«

Sie stöhnte erneut auf und schimpfte: »Immer diese halbgaren Informationen, die dann zu vorschnellen Annahmen führen!«

Ich war irgendwie sauer. Und enttäuscht. Und so ganz konnte ich noch nicht aufgeben. »Was ist denn nun? Stimmt das alles etwa gar nicht?«

Frau Berghof schien zu überlegen, ob sie mir überhaupt eine Antwort geben sollte.

Dafür antwortete Elias: »Natürlich nicht! Wir sind nicht verwandt. Wie dämlich ist das denn? Nur weil wir denselben Nachnamen haben.«

Jakob schubste seinen Bruder an und raunte ihm zu: »Ich glaube, sie wollte eigentlich etwas Nettes tun.«

Pia nickte. »Ja, wir wollten nur helfen.«

Frau Berghof nickte eine kleine Weile vor sich hin, dann hatte sie wohl entschieden, die Sache aufzuklären.

»Ich habe einen Sohn und zwei Enkelsöhne. Die sind drei und fünf Jahre alt. Sie leben in Neuseeland. Am anderen Ende der Welt. Tatsächlich habe ich meine Enkel noch nie getroffen. Jahr für Jahr verspricht mein Sohn, dass er mit seiner Familie kommt und mich besucht, aber er verschiebt es immer wieder. Darüber ärgere ich mich dann und schimpfe über ihn. Aber ich lebe nicht mit ihm im Streit.«

»Und wieso besuchen Sie ihn nicht mal?«, erkundigte sich Jacob.

»Das ist ein 24-Stunden-Flug! Dafür bin ich nun wirklich zu alt, längere Flugstrecken hat mir mein Arzt aus gesundheitlichen Gründen verboten.«

»Oh, das tut mir sehr leid. Vielleicht können Pia und ich …«

Sie unterbrach mich sofort ärgerlich: »Mir helfen? Euch etwas überlegen? Mit meinem Sohn reden?«

Ich war etwas eingeschüchtert. »Ähm, na ja, ich dachte ja bloß …«

»Misch dich doch nicht ständig in fremde Angelegenheiten! Es geht dich überhaupt nichts an. Das ist eine Sache zwischen mir und meinem Sohn!«

Da ich ein sehr betroffenes Gesicht machte, milderte sie etwas ab. »Ich weiß, dass du es gut meinst, Luna. Aber bitte warte mit deinen Hilfskationen, bis dich Leute wirklich um Hilfe bitten.«

Ich nickte. »Na gut. Aber wenn Sie es sich anders überlegen und vielleicht doch unsere Hilfe wollen …«

Wieder unterbrach sie mich: »Lass es, Luna!«

Sie stand auf und wollte gehen. Da fiel ihr Blick auf die Zeitung.

»Hach! Das war ja eigentlich der Grund, weshalb ich mit dir reden wollte.« Sie schlug die Zeitung auf und schob sie mir rüber. Die Jungs kamen neugierig näher. Offensichtlich wollten sie nichts verpassen. Sie tippte auf einen Artikel. Es war die Serie, die mein Vater über bedrohte einheimische Tierarten schrieb. In diesem Beitrag hatte er von dem Großen Feuerfalter berichtet. Es waren Fotos von Frau Berghofs Garten und ihrem Teich dabei. Sie schimpfte: »Richte deinem Vater aus, dass er nicht einfach Fotos veröffentlichen kann, in dem eindeutig mein Garten zu erkennen ist, und dann auch noch mit Angabe in welchem Teil der Stadt er den Feuerfalter entdeckt hat. Fehlt nur noch, dass er meinen Namen und meine Hausnummer veröffentlicht hätte. Und es schmeichelt mir auch nicht, dass er schreibt, ich hätte ein vorbildliches Biotop angelegt, das nachahmenswert wäre. Ich will hier keine Natur-Touristen in meinem Garten! Mich haben schon ein paar Nachbarn angerufen, die den Garten erkannt haben.«

»Okay, ich sag es ihm«, murmelte ich kleinlaut, weil ich

immer noch damit beschäftigt war, unsere Pleite in Sachen Familienzusammenführung zu verdauen.

Sie ging zur Tür.

»Was ist mit Ihrem Kuchen?«, rief Pia ihr hinterher.

»Esst ihn mit meinen *Enkelsöhnen*. Ich treffe mich jetzt mit einer Freundin im Café.« Als sie ging, schüttelte sie noch einmal den Kopf. Ich war ziemlich niedergeschlagen. Und es war mir auch echt peinlich. Vor allem, da Jakob und Elias die ganze Blamage mitbekommen hatten. Inzwischen grinsten sie breit, und als sich die Tür hinter Frau Berghof schloss, fingen sie lauthals an zu lachen.

»Jetzt haben wir 'ne Oma!«

»Kannst du mal sehen, ob du auch noch einen Onkel für uns auftreiben kannst?!«

»Haha, sehr witzig«, grummelte ich und schmollte. Aber es half nichts, im Gegenteil, selbst Pia fing auch an zu lachen und meinte: »Ist schon irgendwie komisch, Luna. Wenn ich überlege, was wir alles angestellt haben, um …«

Ich bremste sie, denn Einzelheiten sollten wir besser nicht preisgeben. Ich schenkte Pia meinen vielsagendsten Blick. »Du meinst, dass wir extra Kuchen gebacken haben?!«

»Ähm«, machte sie, doch dann verstand sie. »Genau. Kuchen.« Sie wandte sich an die beiden: »Wollen wir den jetzt essen?«

Die Jungs sahen sich an, gaben die Fluchtgedanken auf und nickten.

»Ich hol ihn«, rief ich sofort und an Pia gewandt sagte ich: »Kümmere du dich um unsere Gäste.«

Ich brauchte etwas Zeit allein, um mich wieder zu fangen. Irgendwie war ich jetzt sehr verwirrt: Wie war bloß dieses Durcheinander entstanden? Wo lag der Fehler? Und wieso hatte ich angenommen, die beiden seien Frau Berghofs Enkel?

Als ich mit dem Kuchen zurückkam, hatte ich wieder blendende Laune, denn mir war eingefallen, dass das ganze Chaos doch etwas Gutes hatte. Denn es hatte dazu geführt, dass wir Herrn Kaselow kennengelernt hatten, Jakob und Elias nun bei ihm im Laden aushalfen und alle sehr zufrieden waren. Wir hatten sehr wohl geholfen! Zwar nicht Frau Berghof, aber Herrn Kaselow.

Unserer Frau Nachbarin hatten wir zumindest mit dem zugeflogenen Papagei aus der Patsche geholfen. Immerhin!

Elias erklärte Pia ein paar Details der *Santa Maria*, Jakob hatte sich über den Artikel meines Vater gebeugt und las ihn.

Als ich reinkam, sah er auf und fragte: »Sag mal, das ist echt interessant mit dem Feuerfalter und dem Biotop. Können wir uns das mal anschauen?«

»Das ist in Frau Berghofs Garten!«

»Und?« Er grinste. »Wo wir doch jetzt sozusagen verwandt sind, ist das doch kein Problem.« Wieder Gelache. Ich ertrug es gelassen.

»Wir müssen vorher sichergehen, dass sie nicht zu Hause ist.«

Pia rief: »Sie hat doch gesagt, sie trifft sich jetzt mit einer Freundin.«

Ich nickte. »Stimmt. Na, dann los. Den Kuchen können wir auch dort essen. Machen wir einfach ein Picknick am Teich.«

Kapitel zwanzig

Zusammen mit Jakob und Elias saßen wir auf dem Steg an Frau Berghofs Teich und futterten Kuchen. Es war richtig gemütlich. Dann streunerten Jakob und Elias durch den Garten, Pia und ich blieben in der Sonne sitzen.

»Weißt du, irgendwie ist es schön, wenn man mal gar nichts zu tun hat«, sagte ich zu Pia.

Sie gab mir recht. »Ja, wir sollten das mit unseren Hilfsaktionen etwas zurückfahren. Es war wieder ziemlich viel in der letzten Zeit.«

Ich nickte und meinte sehr selbstkritisch: »Vielleicht sollte ich versuchen, das mit dem ständigen Helfenwollen irgendwie in den Griff zu kriegen. Das ist inzwischen schon so ein Automatismus, den ich kaum noch steuern kann.«

Pia tröstete mich: »Na ja, du hilfst halt gern. Das ist ja schon auch was Gutes.«

Mein Telefon klingelte. Unbekannte Nummer. Ich ging dran.

»Ist dort Luna?«, fragte ein Mädchen.

»Ja.«

»Sehr gut. Also ich habe folgendes Problem: Meine Mutter will, dass ich Ballettunterricht nehme. Ich soll nämlich Sport machen. Aber ich finde Ballett ätzend.«

»Und?«

»Soll ich es trotzdem machen?«

»Nein, natürlich nicht! Wenn du keinen Spaß daran hast. Erklär es deiner Mutter ganz freundlich. Und schlag ihr eine Sportart vor, die dir gefällt.«

»O. k. Super. Danke!« Und sie legte wieder auf.

Merkwürdig. Was sollte das denn? Ich wollte gerade Pia davon berichten, als mein Handy erneut klingelte. Wieder eine unbekannte Nummer.

»Hallo?«, sagte ich.

»Luna?«

»Ja.«

»Also ich muss eine Entscheidung treffen. Es geht um ein Haustier. Endlich darf ich eins haben. Ich mag Hamster und ich mag Hunde. Was soll ich nehmen?«

»Ähm, also, das ist ein himmelweiter Unterschied. Ein Hamster sitzt nur im Käfig rum, macht also nicht viel Arbeit, aber tagsüber schläft er meist. Mit einem Hund kannst du mehr anfangen, ist mehr so wie ein weiteres Familienmitglied, musst aber mit ihm spazieren gehen und dich tagtäglich um ihn kümmern. Hast du denn Zeit dafür?«

»Ja. Meist ist mir langweilig, ich hab keine Geschwister, deshalb darf ich ja jetzt ein Tier haben.«

»Also, dann würde ich einen Hund nehmen.«

»Danke«, rief das Mädchen gut gelaunt und legte auf.

Was war das denn? Telefonstreiche?

Erst beim nächsten Anruf, als mich ein Mädchen fragte, ob ich ihre Mathehausaufgaben für sie machen könnte, stellte ich die entscheidende Frage: »Wieso rufst du *mich* an?«

»Du bist doch Luna, oder?«

»Ja.«

»Luna von der Schülerzeitung?«

»Nein, ich arbeite nicht mehr für die Zeitung.«

»Aber auf der Facebook-Seite der Zeitung steht doch: *Luna hilft*. Da sind schon superviele Posts, aber du hast noch keinem geantwortet, deshalb ruf ich dich an.«

Ich schluckte. War das ein Scherz? Ich gestikulierte Pia, dass ich ihr Handy brauchte, und rief schnell die Facebook-Seite unserer Schülerzeitung auf. Ungläubig riss ich die Augen auf. Da war ein Foto von mir zu sehen und tatsächlich stand da dick und fett darüber: *Luna hilft*.

Ich schnappte nach Luft, Pia schaute ebenfalls auf das Handy und las vor, was darunter stand: »Wer Rat oder Hilfe braucht, kann seine Frage oder sein Problem hier posten oder sich direkt bei Luna melden. Luna hilft immer gern.« Und dann stand da meine Telefonnummer. Und es fanden sich wirklich schon unglaublich viele Kommentare unter der Rubrik. Ich war fassungslos.

»Also, was ist jetzt?«, fragte das Mädchen.

Ich brauchte einen kurzen Moment, um mich von meinem Schock zu erholen.

»Machst du meine Hausaufgaben?«, drängelte sie.

»Also echt mal! Selbstverständlich nicht!«

»Da steht aber: Luna hilft!«

»Aber nicht bei den Hausaufgaben! So was ist von dem Hilfsangebot ausgenommen.«

»Och Menno!«, maulte sie und legte prompt auf.

Ich sah Pia an.

»Das darf doch nicht wahr sein! Wie ist das denn passiert? Da hat sich wohl einer einen Scherz erlaubt!«

Pia war anzusehen, dass sie bereits einen Verdacht hatte. Und dann wusste ich es auch. Gleichzeitig mit Pia sagte ich: »Paul!«

Wütend sprang ich auf. »Das ist ja wohl die Höhe! Wie kommt dieser Holzkopf dazu, eine Rubrik zu starten von wegen *Luna hilft?* Was hat den denn geritten? Das ist so dreist und unverschämt von ihm!«

Pia meinte vorsichtig: »Na ja, aber … das ist doch genau das, was du willst: anderen helfen.«

Sie verteidigte ihn? Ich war empört! Da ich wutschnaubend auf dem Steg herumgestikulierte, kamen Elias und Jakob besorgt herbei.

»Was ist passiert?«

Bevor ich Ihnen erklären konnte, was sich mein kleiner Bruder da erlaubt hatte, schallte eine bitterböse Stimme zu uns herüber: »Das darf doch wohl nicht wahr sein!«

Frau Berghof stand auf ihrer Terrasse, beide Arme in die Hüften gestemmt und funkelte uns wütend an.

In meiner Panik fiel mir nur ein zu sagen: »Wieso sind Sie denn schon wieder zu Hause?«

»Ach, jetzt ist es wohl meine Schuld?«, fauchte sie zurück. »Wie oft muss ich es euch denn noch sagen: Verschwindet aus meinem Garten! Das ist kein Spielplatz!«

Wir rannten los. Auch Jakob und Elias. Als wir auf Pias Grundstück und damit in Sicherheit waren, drehte ich mich zu Frau Berghof um, deutete auf die Jungs und fragte provokativ: »Wenn die beiden Ihre Enkel wären, dürften sie dann auch nicht in Ihren Garten?«

»Was fängst du denn jetzt schon wieder damit an?«

»Na ja, Sie haben doch auch mal Pias Oma gespielt ... und Elias und Jakob haben keine Oma mehr. Und Sie sehen Ihre Enkel nie. Da wäre es doch ...« Ich stoppte, weil Frau Berghof die Augen verdrehte und ungläubig den Kopf schüttelte.

Was denn? Meine Idee war doch gar nicht so abwegig. Außerdem hatte ich mich wirklich in den Gedanken verrannt, eine Familie wieder zusammenzubringen. Es fiel mir schwer, mich davon zu verabschieden. Ich hatte mir alles so toll ausgemalt.

»Ich wollte bloß helfen!«, schimpfte ich.

»Wieso beschränkst du dich nicht darauf, Leuten zu helfen, die dich um deine Hilfe bitten?«

Pia zupfte mich am Ärmel: »Ich finde, das ist ein guter

Vorschlag, Luna. Deshalb ist es auch gar nicht so abwegig, was Paul da angeleiert hat.«

»Hör mir bloß auf mit Paul! Der kann was erleben!«

Wir waren mittlerweile auf Pias Terrasse und wollten ins Haus gehen.

»Stopp!«, rief Frau Berghof. Was denn jetzt noch? »Wenn du so dringend helfen willst, dann kannst du meinen Rasen mähen. Schließlich benutzt du ihn auch oft genug.«

Ich war etwas verdutzt. War das eine Falle? Ich sah Pia an und flüsterte: »Kannst du Rasen mähen?« Pia schüttelte den Kopf. Ich wandte mich an Jakob und Elias. »Wie ist es mit euch?«

»Natürlich können wir Rasen mähen«, sagte Elias.

Ich wandte mich an Frau Berghof und rief zu ihr hinüber: »Ihre Enkel mähen Ihren Rasen. Gilt das auch?«

»Ist mir egal, wer es tut.« Dann stutzte sie und brüllte: »Das sind nicht meine Enkel!«

Elias knuffte mich. »Hey, und wir haben nicht gesagt, dass wir es tun werden!«

Frau Berghof sah uns eine Zeit lang streng an, dann rief sie: »Ich mache euch einen Vorschlag: Wenn ihr meinen Rasen mäht, dürft ihr, immer wenn ich nicht zu Hause bin, an meinem Teich sitzen.«

Ich flüsterte Pia zu: »Was meinst du? Eigentlich tun wir das doch sowieso schon.«

»Ja, aber dann müssten wir es nicht mehr heimlich machen«, flüsterte sie zurück. »Außerdem würden wir ihr dann wirklich helfen.«

»Könnt ihr uns beibringen, wie man Rasen mäht?«, fragte ich die Jungs.

»Klar.«

»Okay«, rief ich Frau Berghof zu. »Wir machen es.«

»Aber wehe, ihr tretet dabei auf meinte Beete oder Blumen!«

Frau Berghof wandte sich zum Haus, um wieder reinzugehen. Dann drehte sie sich noch einmal um: »Und jetzt geht zurück und esst euren Kuchen zu Ende.«

»Zurück zu Ihrem Teich?«, fragte ich verblüfft.

»Ja, wohin denn sonst? Das ist doch euer Lieblingsplatz«, knurrte sie.

»Den Kuchen haben wir schon aufgegessen«, meinte ich.

»Wir könnten auch schon mit dem Rasenmähen anfangen«, schlug Jakob vor.

»Dann macht das mal. Anschließend bringe ich euch eine kleine Stärkung zum Steg. Aber was Gesundes, das sag ich euch gleich!«

Ich war ziemlich verwirrt. Was passierte denn hier gerade?

Pia und ich sahen uns ungläubig an. »Wahnsinn, oder? Sie ist echt nett, ich hab's ja immer gewusst.« Ich zögerte. Pia schubste mich grinsend an. »Gib's zu!«

Schließlich seufzte ich. »Ja, irgendwie schon. Auf ihre Art.«

Mein Handy klingelte erneut. Ich sah auf das Display, unbekannte Nummer. Ich legte die Stirn in Falten. »Das ist bestimmt schon wieder jemand, der Hilfe braucht.«

Pia grinste. »Na, dann hat derjenige ja die richtige Nummer gewählt.«

Ich warf meiner Freundin einen tadelnden Blick zu, doch dann musste ich lächeln. »Weißt du was? Du hast recht. Genau genommen ist es wirklich gar nicht so übel, was Paul da gemacht hat. Immerhin hab ich jetzt meine eigene Rubrik. *Luna hilft*. Irgendwie echt cool.«

Ich ging an mein Handy und flötete ins Telefon: »Hallo, hier ist Luna. Wie kann ich helfen?«

Ullrich, Hortense:
Lesegören
Nicht verzagen, Luna fragen!
ISBN 978 3 522 50487 4

Umschlagillustration: Carolin Liepins
Umschlaglayout und -typografie: Maria Seidel
Innentypografie und Satz: Kadja Gericke
Reproduktion: Medienfabrik GmbH, Stuttgart
Druck und Bindung: GGP Media GmbH, Pößneck

FSC
www.fsc.org
MIX
Papier aus verantwortungsvollen Quellen
FSC® C014496

Bianka Minte-König
Wo geht's lang, GIRLS?

224 Seiten · Gebunden
ISBN 978-3-522-50447-8

Patricia Schröder
Emely – total vernetzt!

224 Seiten · Gebunden
ISBN 978-3-522-50449-2

Bianka Minte-König
Was gibt's Neues, GIRLS?

224 Seiten · Gebunden
ISBN 978-3-522-50472-0

Patricia Schröder
Emely – absolut verstrickt!

192 Seiten · Gebunden
ISBN 978-3-522-50450-8

Bianka Minte-König
Gut gemacht, GIRLS!

208 Seiten · Gebunden
ISBN 978-3-522-50483-6

Patricia Schröder
Emely – voll im Freundschaftschaos!

208 Seiten · Gebunden
ISBN 978-3-522-50451-5

LESEGÖREN

DIE WILL ICH LESEN!

Hortense Ullrich
Für alle Fälle – Luna

192 Seiten · Gebunden
ISBN 978-3-522-50457-7

Wo immer Luna jemanden in Not sieht oder ein Problem wittert, ist sie zur Stelle. Ist doch klar! Nur leider weiß das meist niemand zu schätzen. Dass ihre Hilfsaktionen ab und an im mittleren Chaos enden – dafür kann sie ja schließlich nichts! Auch als ihre beste Freundin dringend eine Oma und einen Opa für den Großelterntag an der Schule braucht, hat Luna sofort einen Plan parat: Bestimmt können sie sich ein paar rüstige Senioren aus dem Altenwohnheim ausleihen …

Hortense Ullrich
Luna macht's möglich

192 Seiten · Gebunden
ISBN 978-3-522-50463-8

Eine Luna ohne Problemlösungen ist wie eine Blume ohne Wasser oder ein Feldhamster ohne Feld … Apropos: Den Hamstern will Luna gerne helfen, denn die sind vom Aussterben bedroht. Deshalb engagiert sie sich bei der Schülerzeitung und zeigt mit einem Artikel über die kleinen Nager vollen Einsatz. Daneben gibt es aber noch andere wichtige Dinge auf Lunas To-do-Liste. „Weltfrieden“ zum Beispiel steht noch vor „Hausaufgaben machen“, doch am allerdringendsten ist: Gemüse züchten, das nach Schokolade schmeckt!

PLANET!

www.planet-verlag.de